Lektorat: Elisabeth Raabe
Grafische Gestaltung: Manfred B. Limmroth

2. Auflage 1979

Bildnachweis s. S. 160
Gesamtherstellung: Clausen & Bosse, Leck
Printed in Germany 1979
ISBN 3 7915 5006 3

HORST KÖNIGSTEIN

JAMES DEAN

Cecilie Dressler Verlag · Hamburg

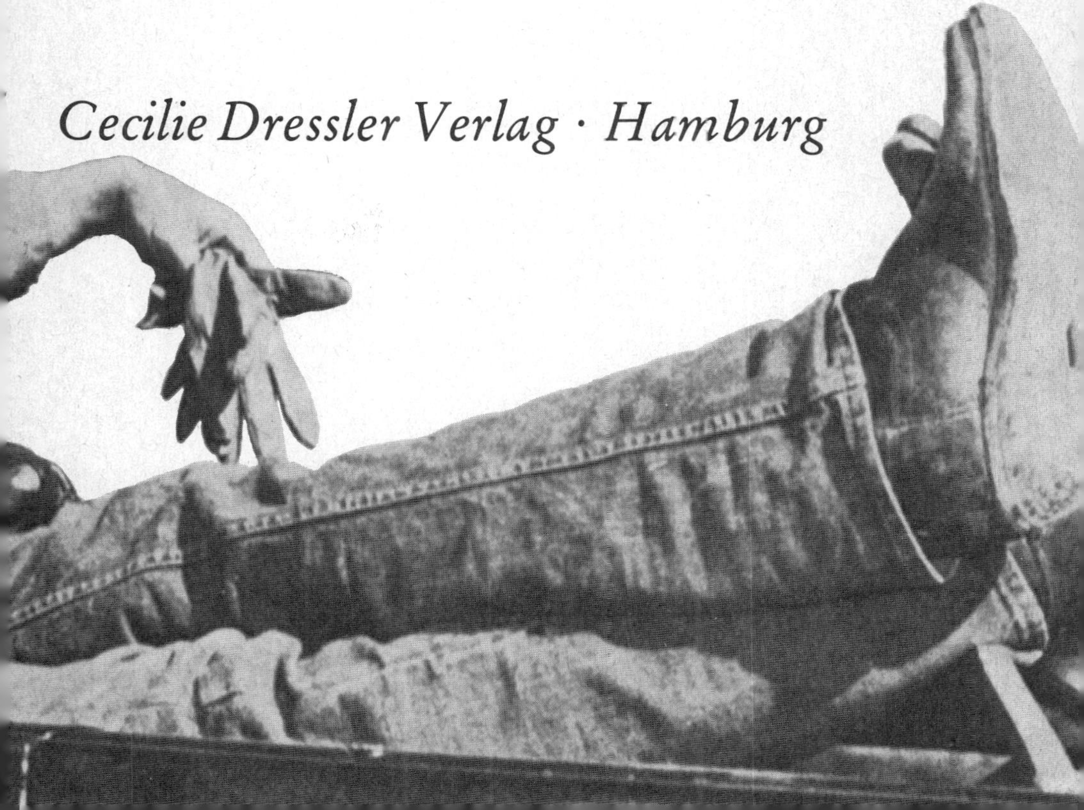

Wir alle sind Geschwister von James Dean

Ich will Dir die Geschichte von James Byron Dean erzählen, obwohl ich ihn nie kennengelernt habe. Zehn Jahre war ich alt, als er starb. Sein Name in der Zeitung hatte mir nichts bedeutet. Erst einige Monate später, 1956, sah ich ‹Jenseits von Eden›.
Vor jedem Kinobesuch kaufte ich ein Filmprogramm für 10 Pfennig – das hielt ich dann während des Films in der Hand, um es nicht knicken zu müssen. Bei ‹Jenseits von Eden›, daran erinnere ich mich genau, habe ich so über James Dean geweint, daß die kunstvoll-kitschig ineinander montierten Fotos schrumpelige Flecke bekamen. Sooft ich zu Hause dann allein war und das Geld für einen neuen Kinobesuch nicht reichte, stapelte ich die gesammelten Filmprogramme auf dem Tisch, imitierte Kinofanfaren («20th Century Fox» zeigt . . .) und spielte zu den Fotos einzelne Szenen nach. Mit der Taschenlampe habe ich kleine Scheinwerferspots imitiert und aus Zeitungsserien und Fotoschnipseln «neue Filme» gemacht.
Viele Stars wurden auf diese Weise meine Vertrauten und Verbündeten gegen Einsamkeit und das Gefühl, von den anderen Jungen und Mädchen in der Straße und in der Schule nicht so recht gemocht zu werden. James Dean wurde ein besonders enger Vertrauter, den ich in meinen Phantasiefilmen rebellieren ließ und der in den stummen Zwiegesprächen Bruder, Freund und geheimnisvolles Idol war. Geheimnisvoll deshalb, weil ich in seinem Bild wiederfand, was ich mir mit 6 und 7 Jahren unter den Helden des griechischen Altertums vorgestellt hatte: wunderschöne, sensible, zärtliche, mutige, kräftige Männer. Idealbilder, die alles waren, wozu es bei mir selbst nicht reichte. Daß James Dean bereits tot war – verunglückt auf einer amerikanischen Schnellstraße – hatte ich gar nicht so recht mitbekommen. Schließlich konnte man zu der Zeit auch in unseren Magazinen ‹Bravo› («Die Zeitschrift mit dem jungen Herzen»), ‹Film

Revue›, ‹Star Revue› und ‹Brigitte› nachlesen, daß James Dean möglicherweise noch am Leben sei. Da war also von Anfang an eine fast unlösbare Verzahnung von Lebenswirklichkeit und Kinowirklichkeit, von Biographie und geträumtem Ideal.

So kann ich denn auch James Deans Geschichte nur als Mischung aus tatsächlich gelebtem und aus gewünschtem Leben erzählen. Alle Freunde, Journalisten und Biographen berichten immer wieder von Situationen, aus denen nicht klar hervorgeht, ob sie James Dean so zugestoßen sind oder ob er sie extra arrangiert hat. Dieses Geheimnis durchzieht sein Leben von der Schulzeit bis in den Tod. Es ist ein Geheimnis, das er auch augenfällig in seine drei Filmrollen eingebracht hat. Ein Geheimnis, das Millionen Jugendliche auf der ganzen Welt instinktiv verstanden haben und immer noch verstehen, denn James Deans Filme erreichen jedes Jahr neue Generationen.

Ich habe mir vorgenommen, mit Dir gemeinsam dieses Geheimnis einzukreisen: wie ein Detektiv in der Vergangenheit, in den Büchern, in den Zeitschriften, in den Filmen zu graben. Vielleicht finden wir das, was allen jungen Leuten Hoffnung und Mut macht, die sich wie der «Rebell ohne Grund» (‹Rebel Without A Cause›) den Kragen des Blousons hochschlagen, die Finger in den Jeansgürteln verhaken und die Herausforderung annehmen.

Doch für jene, die ihn sahen, war's nicht vergeblich / Und einmal in seinem Bann, / wollten sie ihn wiedersehn: / Und jene, mit denen er sprach, erinnerten's wohl, / Und sie dachten noch lange über die Worte nach, / so einfach sie erscheinen mochten. / Keiner wußte, wie oder warum, / aber er schlang sich unentrinnbar um des Zuhörers Seele; / darin prägte er sich ein, – geliebt oder gehaßt / von allen, die ihn nur einmal gesehen – / so kurz auch die Begegnung gewesen sein mochte . . . / Du konntest in seine Seele nicht eindringen, / aber fandest, voller Verwunderung, / daß er in deiner Seele schon heimisch war.

Lord Byron, 1788–1824

Ich will nicht nur ein guter Schauspieler sein. Nicht einmal der beste. Ich will wachsen und immer weiter wachsen, bis ich so groß bin, daß niemand an mich herankann. Nicht um etwas zu beweisen, sondern einfach um dahin zu gelangen, wo man hingelangen muß, wenn man sein ganzes Leben und alles, was man ist, einer Sache widmet. Vielleicht klingt das für Sie verrückt oder egozentrisch oder sonstwas, aber ich glaube, es gibt nur eine echte Form der Größe für einen Menschen. Wenn ein Mensch die Kluft zwischen Leben und Tod überbrücken kann, meine ich, wenn er nach seinem Tode weiterlebt, dann war er vielleicht ein großer Mensch. Wenn die Leute vom Erfolg sprechen, so meinen sie damit die Erreichung der höchsten Stufe. Nun, einen solchen Gipfel gibt es nicht. Man muß immer weitergehen, nie an einem Punkt stehenbleiben. Für mich besteht der einzige Erfolg, die einzige Größe für einen Menschen in der Unsterblichkeit. Daß die Nachwelt dein Werk in Erinnerung behält, etwas in dieser Welt zurückzulassen, das Jahrhunderte überdauert – das ist Größe. Ich will herauswachsen aus dieser ganzen unbedeutenden kleinen Welt, in der wir leben. Ich will all das hinter mir lassen, all diese kleinlichen Gedanken über unwichtige kleine Dinge, Dinge, die ohnehin nach hundert Jahren vergessen sein werden.

James Dean, 1931–1955

Santa Monica und Fairmount

James Byron Dean wurde am 8. Februar 1931 in der kleinen Industriestadt Marion im amerikanischen Bundesstaat Indiana geboren. James hieß der Arzt mit Vornamen, der den kleinen Dean zur Welt brachte, und Byron war der Lieblingsdichter von Mildred, der Mutter. Wenigstens behauptete das später Jimmy; andere Leute sagen, Mildred habe Byron als Namen aufgeschnappt – sie habe nicht gewußt, daß er ein Dichter war.

8. Februar 1931
James Dean wird in Marion (Indiana) geboren

Der zweite Name Byron war wie ein Versprechen: Lord Byron (1788–1824) schockierte zeit seines Lebens als Romantiker und Abenteurer die vornehme Gesellschaft, in der er groß geworden war. Sein Leben und seine Dichtung schwankten zwischen Enthaltsamkeit und Exzessen, zwischen Trotz und Weltschmerz, zwischen Genußsucht und Selbstzerstörung.

Die Träume der Mutter – Der Tod der Mutter

Die Mutter Mildred Wilson hatte sich zwar mit dem Kleinstadtleben abgefunden, in dem ihr Ehemann zu Hause war – Winton Dean arbeitete als Zahntechniker im Dienst der Bundesbehörde –, aber ihre Träume gingen weit darüber hinaus. Und was sie als Kind einer Farmersfamilie in ihrer Liebe zur Musik und Dichtung nicht hatte ausleben können, das sollte für James möglich werden. Gegen die Welt von Wirtschaftskrise und Arbeitslosigkeit um sie herum baute Mildred einen Schutzwall aus Poesie und Schönheit. Sie las dem heranwachsenden James Gedichte vor, spielte Klavier und machte mit dem Jungen ausgedehnte Spaziergänge auf dem Land. Sie bauten gemeinsam aus einem Pappkarton ein Spielzeugtheater, in dem Puppen phantastische Geschichten vorführten. Die Puppenkönigin

Fotos wie aus jedem anderen Familienalbum: die Eltern Mildred und Winton Dean (links). Ihre Welt: Kleinstadt mit Farmern. Sie lassen James Byron Dean beim Porträtfotografen ablichten. Zwei Jahre alt, fünf Jahre alt, neun Jahre alt (rechts). Ein Lächeln für den Augenblick.

hieß Calamity Jane, die Heldin des ersten Films, den James im Kino gesehen hatte: *‹Der Held der Prärie›* (Regie: Cecil B. de Mille, 1937). Sobald der kleine Junge eine Kindervioline halten und den Bogen führen konnte, mußte er in der Stadt Violinunterricht nehmen – ohne großen Erfolg. Er lernte auch Steptanzen.

Die Mutter und ihr einziger Sohn richteten sich eine ganz eigene Welt ein, in deren Spiele und Verzauberungen der Vater kaum eindringen mochte. Der kleine Jimmy schrieb beispielsweise vorm Schlafengehen der Mutter Briefe, in denen er mit Worten oder Zeichnungen Wünsche formulierte. Diese Briefe steckte er unter das Kopfkissen. Die Mutter versuchte dann alles Erdenkliche, um Jimmys Wünsche zu erfüllen. Das blieb nicht ohne Kritik seitens der Verwandten, die fanden, der Junge wachse zu sehr behütet und verwöhnt auf. Die Vettern zogen James Byron Dean auf, weil er Gedichte las und Violine spielte. Schon zu Beginn der Schulzeit fühlte sich der Junge isoliert – freiwillig sonderte er sich weiter ab, ein Außenseiter.

1935
Umzug der Familie Dean nach Santa Monica (Kalifornien)

1935 bekam der Vater eine Anstellung in einem Krankenhaus in Los Angeles, Kalifornien. Die Familie zog über den amerikanischen Kontinent an die Westküste und ließ sich in Santa Monica nieder. Santa Monica ist ein Vorort von Los Angeles, der direkt an der Pazifik-Küste liegt: am Wochenende erholen sich die Einwohner

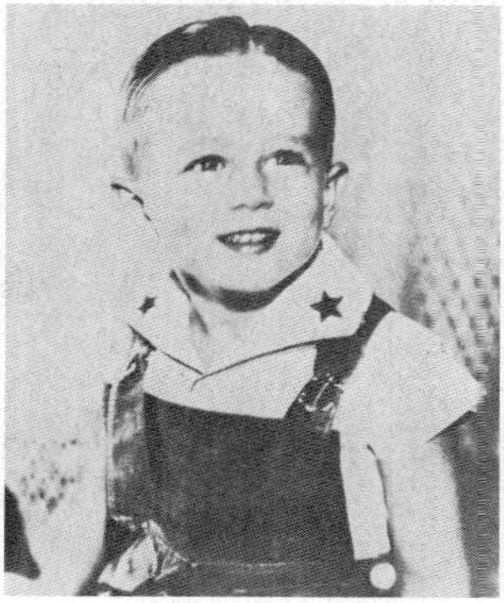

der Millionenstadt an den Riesenstränden und auf den Palmenpromenaden.

Jimmy ging in Brentwood zur Grundschule, nur einige Busstationen von den Filmstudios im Stadtteil Hollywood und Burbank entfernt. Auch hier gelang es James nicht, sich mit seinen Mitschülern anzufreunden. Im Unterricht war er zwar intelligent und schnell, aber im Umgang mit fremden Menschen scheu und zurückhaltend. Er wurde gehänselt, wenn er seinen Geigenkasten dabei hatte. Auch sein Tanzunterricht paßte nicht ins Bild eines «frischen amerikanischen Lausbuben».

Mutter und Sohn rückten noch näher zusammen – die wenigen Freunde in Indiana waren fern. Als Mildred 1939 krank wurde, vermißte James ihre liebevolle Zuwendung. Er konnte die Veränderungen in ihrem Wesen nicht begreifen. Er glaubte, er sei daran schuld. Schließlich stellten die Ärzte bei der Mutter Brustkrebs in einem unheilbaren Stadium fest. Vater und Sohn waren gleichermaßen hilflos, kamen sich aber durch das lange Sterben der Mutter nicht näher. Kurz vor Mildreds Tod machte Winton zaghafte Versuche, dem Neunjährigen die Unausweichlichkeit des Sterbens vor Augen zu führen. «Eines Abends sagte ich ihm geradewegs: ‹Deine Mutter wird nie wieder nach Hause zurückkommen.› Er hat mich nur angestarrt.»

1940
Tod der Mutter

Nach Mildreds Tod gab Winton Dean James vorübergehend in die Aufsicht seiner Großeltern. Sie besaßen eine Farm in Fairmount, Indiana. Jimmy verabschiedete sich von seinem Vater, schweigend und verkniffen, und fuhr mit der Großmutter zurück nach Indiana. Der versiegelte Sarg mit den sterblichen Überresten seiner Mutter reiste im Gepäckwagen. Keiner kann sich daran erinnern, daß er viel geweint hätte. Ein Cousin sagte: «Er hat es alles in sich verschlossen. Der einzige Mensch, mit dem er über so etwas hätte sprechen können, lag dort in dem Sarg.»

Kleinstadt, Farm und fingierte Autorennen

1940
James Dean zieht zu seinem Onkel nach Fairmount (Indiana)

Der Onkel und die Tante, Marcus und Ortense Winslow, holten Jimmy auf ihre Farm. Trotz der familiär-geborgenen Atmosphäre löste sich Jimmy nur zögernd aus der selbstgewählten Abgeschiedenheit und Trauer.

Familie Winslow versuchte den Jungen an die täglichen Routinearbeiten einer Farm zu gewöhnen, die als Familienbetrieb geführt wurde. Später sagte James Dean über diese Zeit zu der Reporterin Hedda Hopper: «Das war eine richtige Farm, und ich arbeitete wie verrückt, solange mich jemand dabei beobachtete. Vierzig Acres Weizen sind schon eine riesige Bühne, und sobald das Publikum weg war, habe ich erst einmal ein Schläfchen gemacht, und nichts mehr wurde gepflügt. Dann traf ich einen Freund, der drüben in Marion wohnte, und er brachte mir bei, wie man ringt, Katzen umbringt und andere Sachen, die Jungs hinter Scheunen treiben. Ich begann zu leben.»

An seinem 10. Geburtstag bekam Jimmy ein Pferd geschenkt, das er selbst pflegen mußte. Zu Elizabeth Taylor äußerte er einmal: «Ich liebe die Tiere, weil sie mich so akzeptieren, wie ich bin.»

In der Schule wurde Jimmy oft als «Waise» gehänselt. Er zog sich dann hinter die dicken Brillengläser zurück, die er seiner extremen Kurzsichtigkeit wegen tragen mußte. Es geschah plötzlich, daß ihn ein Weinkrampf packte. «Was fehlt dir?» fragte der Mathematikleh-

Hauptstraße einer amerikanischen Kleinstadt um 1930. Die Folgen des ‹Schwarzen Freitag› (24. 10. 1929 – 30 Millionen Arbeitslose) bekämpfte Präsident Roosevelt mit dem ‹New Deal›. Er half vor allem Farmern und Landarbeitern.

rer. «Meine Mutter fehlt mir», schluchzte Jimmy. Wenn er nachts seinen Kopf in die Kissen grub, streichelte er eine Locke, die er seiner Mutter im offenen Sarg aus dem Haar geschnitten hatte.

Magie und Selbsttäuschung bestimmten James Deans Kindheit und Schulzeit: Mal fühlte er sich wie in einem (von der Mutter eingerichteten) Zauberreich, mal sah er sich als den Ausgestoßenen, den keiner will. Als Marcus und Ortense Winslow noch einen kleinen Sohn bekamen – Jimmy war mittlerweile 12 Jahre alt –, fürchtete er um die Zuneigung seines Onkels und seiner Tante. Er suchte Mittel und Wege, um die Aufmerksamkeit auf sich zu lenken und seine Liebenswürdigkeit zu demonstrieren. Er wollte es sich und – wie er später dem Schauspieler Dennis Hopper erzählte – seiner Mutter beweisen, daß er kämpfen konnte.

Jede Tätigkeit, jeder Gegenstand wurden bald daraufhin ausgewählt, wie sehr sie (er) die Person James Byron Dean spiegeln und illuminieren würde. Obwohl seine Kurzsichtigkeit ein wirkliches Handikap war, wollte Jimmy jeden Abend den Traktor samt Anhänger mit möglichst hoher Geschwindigkeit in den Stall fahren. Er ließ auch nicht locker, als Onkel Marcus ihm – auf seinen Wunsch hin – ein Trapez aufgehängt hatte: In jeder freien Minute probierte Jimmy Kunststücke aus, bis er sich schließlich überschlug und dabei zwei Vorderzähne verlor. In der Schule war er ein erfolgreicher Kämpfer im Baseball-Team; sein sportlicher Ehrgeiz sorgte dafür, daß die Mitschüler ihm sein Eigenbrötlertum nicht übelnahmen.

Als 13jähriger vertraute Jimmy Onkel Marcus seinen größten Wunsch an. Er hatte in Marvin Carters Fahrrad- und Motorrad-Laden ein Mofa gesehen, das «Whizzer» hieß. Onkel Marcus schenkte ihm das Rad zum Geburtstag. Natürlich konnte man keine hohen Geschwindigkeiten herausholen, aber es reichte für die Imitation von Rennen und trickreiches Fahren. Dabei gingen mehrere Male die Brillengläser zu Bruch. James Dean: «Ich bin mit diesem ‹Motorrad› hinter den Kühen hergefahren. Die waren so ängstlich, daß ihre Euter hin- und herschwangen und sie unterwegs ein viertel Liter Milch verloren.»

Jimmy war mittlerweile in der Pubertät. Er suchte Vorbilder. Der

Im Wohnzimmer: Jimmy (links) spricht mit Großvater Charlie Dean. Ortense, Marcus, der kleine Marcus hören zu. Rechts Großmutter Emma Dean.

Vater war zum Militärdienst eingezogen – ein Fremder. Die Erinnerung an die Mutter blockierte den Kontakt zu anderen Menschen. In Fairmount – dieser Kleinstadt, in der jeder voneinander wußte und die Welt durch die umliegenden Ackerbauflächen eingegrenzt war – gab es nur wenige Menschen, die Jimmy faszinierten. Einer von ihnen war James de Weerd.

Etwa 1945
James Dean lernt Pastor James de Weerd kennen

De Weerd war der Pastor der Wesleyanischen Kirche, eine der unzähligen Religionsgemeinschaften und Sekten in Amerika. De Weerd hatte tatsächlich eine Geschichte, die nicht nur in Fairmount begann und dort wieder aufhörte. Er war hochdekoriert und tief vernarbt aus dem gerade zu Ende gegangenen Zweiten Weltkrieg heimgekehrt. Er hatte bei Monte Cassino in Italien gekämpft und war befreundet mit dem englischen Premier Winston Churchill – Schauplätze und Namen, die die Jungen in Fairmount nur aus dem Radio oder der Wochenschau kannten. Wie fast alle Pastoren in amerikanischen Religionsgemeinschaften verstand auch er sich mehr als Schauspieler und Ausrufer – jede Predigt war ein Theaterstück. Er beeindruckte Jimmy sehr. Er war stärker als die anderen.

Die Farm. «Wir sind nicht reich, aber wir sind auch nicht arm», sagte Großmutter Dean. «Solange ich lebe, hab ich eine Veranda, einen Schaukelstuhl und eine Uhr, die geht.»

Offensichtlich begriff de Weerd, was in dem einsamen Jungen vorging. Schnell war er auf der Spur seines Geheimnisses. De Weerd: «Eines Tages brach es aus Jimmy heraus. Er war in dem Glauben, er sei böse, sonst wäre ja seine Mutter nicht gestorben und sein Vater hätte ihn nicht weggeschickt.»

De Weerd öffnete Jimmy den Zugang zu einer Welt, die wenig mit der Farm seiner Pflegeeltern zu tun hatte: Kunst, klassische Musik, Yoga. Der Pastor sprach von Dichtern und Philosophen. «Je mehr Sachen du beherrschst und je mehr Erfahrungen du machst, desto besser wird es dir ergehen», bestärkte de Weerd Jimmy. Leute wie der Redakteur Al Terhune von der Tageszeitung in Fairmount, ‹*Fairmount News*›, wollen damals schon eine Eigenart an Jimmy beobachtet haben: «Jimmy war ein parasitärer Typ; er hing an de Weerd wie eine Klette und hat viele seiner Eigenarten und Schrulligkeiten (Manierismen) übernommen; er hat aufgesaugt, was er nur kriegen konnte.»

Der Pastor zeigte Jimmy auch selbstgedrehte 16 mm-Amateurfilme über Stierkämpfe in Santa Fé und in Mexiko. Er brachte ihm das Autofahren bei und nahm ihn später mit zu der berühmten Autorennstrecke in Indianapolis. Jimmy war begeistert. Auf der Rückfahrt unterhielt er sich mit dem Pastor über Autos, Geschwindigkeit, Gefahr und die Möglichkeit eines plötzlichen Todes. De Weerd erzählte später dem Journalisten und Dean-Freund Joe Hyams: «Ich habe Jimmy beigebracht, an persönliche Unsterblichkeit zu glauben. Er fürchtete sich nicht vor dem Tod, denn er glaubte – genau wie ich –, daß das Leben nur eine kontrollierte Durchgangsform ist, in der der Geist über den Körper herrscht. Das Fleisch vergeht, der Geist ist ewig.» Solche scheinbar leeren Heilssprüche müssen bei James Byron Dean einen tiefen Eindruck hinterlassen haben – fand er doch zum erstenmal jenen Trost, der ihn von der tief empfundenen Schuld am Tod der Mutter freisprach und ihm sagte, sie lebe nun ein «anderes» Leben. Zudem hatte de Weerd Jimmy – ohne es zu ahnen – mit «Stierkampf» und «Autofahren» zwei perfekte Ventile für die notwendigen Ausbrüche besorgt. Da war eine Lust am Risiko und die Bereitschaft zur ständigen Herausforderung, die man nachträglich als Mischung aus Selbstbehauptung und Selbstbestrafung deuten kann.

Jimmy bekam 1947 ein «richtiges» Motorrad, das bis zu 110 Stundenkilometer schaffte. De Weerd ermunterte ihn und seine Schulkameraden, eine Rennbahn hinter Marvin Carters Fahrrad- und Motorrad-Laden zu bauen. Marcus Winslow erinnert sich: «Er ist nicht einmal vom Motorrad gefallen. Wenn er nur *einen* Sturz hinter sich gebracht hätte, wäre vielleicht vieles anders gekommen: Er hätte dann Angst vor der Geschwindigkeit gehabt.» Als den Jungen das Herumfahren nicht mehr so viel Spaß machte, kam Jimmy auf die Idee, die Lautsprecheranlage des Geschäfts zu benutzen. Er inszenierte ein Rennen wie ein Hörspiel: mit Aufstellung der Maschinen und Startatmosphäre. Einer der Jungen beschrieb die Situation: «Wir mußten uns wie ein Publikum aufstellen. Er hat uns dann erzählt, wie das Wetter ist, wer in der ersten Kurve mit jemandem zusammenknallte, wessen Motorrad in Flammen aufging. Er hat es

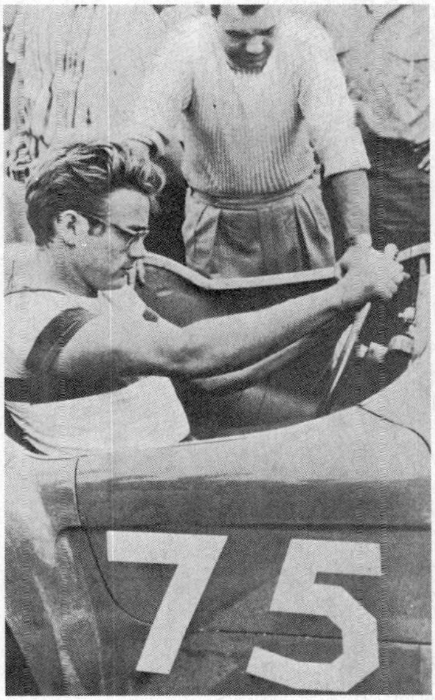

Stierkampf und Autorennen: Spiele mit dem Risiko eines plötzlichen Todes. Eine unerwartete Wendung des Stieres, eine falsche Reaktion am Steuer – oft nur Bruchteile von Sekunden. Die Arena und die abgezirkelte Rennstrecke: Beides sind abgesteckte Räume, in denen für gewisse Zeit das totale Abenteuer möglich ist. Die Zuschauer warten insgeheim darauf, daß das Ritual durchbrochen wird – mit einem Schrei oder einer Explosion.

wirklich geschafft, die ganze Geschichte so verdammt real erscheinen zu lassen wie nur möglich. Manchmal mußte ich zweimal hinschauen, ob da nicht wirklich ein Rennen stattfand.»
Das waren die schönsten Augenblicke für Jimmy: eine Schau abziehen. Auf diese Weise glaubte er sich besser mit seinen Altersgenossen verständigen zu können. Sie hörten ihm zu. Er wollte wie sie sein, aber als er das mehr und mehr mit den Mitteln des Spiels und der Selbstinszenierung betrieb, wurde die Kluft nur noch größer. Für die Jungen in der Kleinstadt war und blieb er «die Waise», «der

Außenseiter», «der neue Junge in der Stadt». Jimmy brachte James de Weerd eines Tages eine kleine Tonfigur, die er modelliert hatte: ein Wesen, das – zusammengekauert – den Kopf seitwärts dreht und mit einer Hand abstützt, während die andere gegen den Brustkasten gepreßt wird. «Was ist das?» fragte de Weerd. Jimmy: «Ich bin das. Ich nenn das: ‹Selbst›.» Und Jimmy zog – wie die Tonfigur – die Schultern zusammen.

Für die Pflegeeltern und die Nachbarn waren das keine augenfälligen Ereignisse. Sie sahen das Leben des Jungen nicht anders als ihr eigenes: Der Zweite Weltkrieg war vorbei, nichts Besonderes passierte. «Nichts Besonderes» heißt, daß die Leute in Fairmount – wie anderswo auch, fragt nur mal eure Nachbarn – ihrem eigenen Alltag keinen besonderen Wert beimaßen. Wen interessiert schon Grippe und Geburtstag, was soll man machen, wenn die Eltern sich streiten oder die Mutter einen beim Onanieren erwischt? Das ist Alltag, und der ist so alle Tage.

Onkel Marcus und Tante Ortense erleben heute noch, 20 Jahre nach Jimmys Tod, einen endlosen Strom von Fans, Touristen und Journalisten, die Jimmys Zimmer auf der Farm sehen wollen und den Friedhof besuchen. Die Pflegeeltern sind gutwillig genug, um noch Fragen zu beantworten. Alle, die die Spuren eines «einsamen Genies» und «auserwählten Helden» suchen, bekommen von Marcus Winslow zu hören: «Ich hab es schon bis zum Erbrechen gesagt: Jimmy war überhaupt nicht anders als die anderen Jungen, die in dieser Stadt groß geworden sind. Er hat Baseball gespielt, ist zum Sonntagsgottesdienst der Back Creek Quaker Kirche gegangen, und er hat die tägliche Arbeit auf der Farm verrichtet. Er hat die Stalltore geöffnet, damit ich nicht vom Traktor runtermußte. Und er mochte so gern mit diesem kleinen Motorrad über die Weiden fahren.»

Der stetige Verlauf und die Überschaubarkeit des Alltags bringen einen Menschen hervor, dessen Stärke Direktheit und Kompromißlosigkeit ist. Jimmys körperliche Kraft und die Sensibilität seines Ausdrucks haben ihre Wurzeln zuerst in Marion und dann in Fairmount – einer Kleinstadt, in der er immerhin ein Drittel seines Lebens verbrachte.

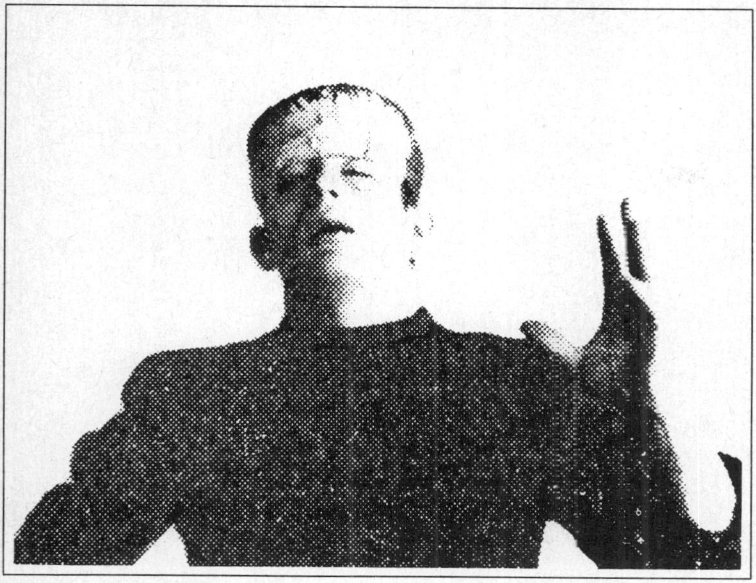

Jimmy Dean in seiner ersten, voll geschminkten Maske als Frankensteins Ungeheuer. Wie das große Vorbild Boris Karloff spielt er ein mitleiderregendes ‹Monster›. Er ist hilflos, sucht Verständnis, an seiner Sprachlosigkeit ist er nicht schuld.

Rollen spielen und Zuhörer suchen

Schon früh hatte Jimmy Dean sein Vorlesetalent in Veranstaltungen des «Christlichen Frauenvereins» (Women's Christian Temperance Union) erproben dürfen: Tante Ortense hatte ihn aufgefordert, an den Rezitations-Wettbewerben des Damenkränzchens teilzunehmen. Jimmy mochte am liebsten schwülstige und blutrünstige Balladen aus der romantischen englischen Dichtung des 19. Jahrhunderts. «Ich war ein kleines Monster, das – um des Kontrastes willen – die Gedichte in kurzen Hosen vortrug!» Die Damen waren entzückt.

Auch Adeline Nall, Lehrerin an der Fairmount High-School, die Laienaufführungen vorbereitete, erkannte sehr schnell Jimmys Talent. Der Gymnasiast konnte derart glutvoll Szenen aus Shakespeare-Dramen und romantische Gedichte vortragen, daß die Mitschüler entweder tief beeindruckt waren oder über «den Schauspieler» lästerten. Eines Tages landete Jimmy einen Handkantenschlag im Gesicht des Mitschülers Dave Fox, der sich über Jimmys Vortrag lustig gemacht hatte. Dieser unvermittelte und unverhältnismäßige Ausbruch von Haß und tiefer Getroffenheit wurde für Jimmy eine charakteristische Reaktionsweise: In diesem Fall wurde er bestraft und für eine Woche vom Schulunterricht ausgeschlossen.

Oktober 1948
Rolle des Monsters in der Laienspielgruppe der Fairmount High-School

Im Oktober 1948 führte die Laienspielgruppe der Fairmount High School eine Monsterparodie mit dem Titel *‹Goon with the Wind›* (Wortspiel mit dem Titel *‹Vom Winde verweht›* – *‹Gone with the Wind›*) auf. So wie in jedem Jugendtraum irgendwann einmal Monster auftauchen – mein Lieblingsmonster war und ist Dracula –, die sich stellvertretend an der unverständigen Umwelt rächen, realisierte auch Jimmy *seinen* Monstertraum. In dem Theaterstück spielte er Frankensteins Monster in einer Maske, die sich liebevoll am klassischen Bild von Boris Karloff in dem Universal-Film des Jahres 1931 orientierte. Frankensteins Monster! Endlich konnte Jimmy seine Lust an tierischen Urlauten, spastischen Bewegungen und grenzenloser Wut (im Stück: über seinen Schöpfer, der ihn gefangenhält) voll ausspielen.

Ab 1948/49
Teilnahme an Rezitationswettbewerben

Als Jimmy in der Abschlußklasse der Oberstufe war, meldete ihn Adeline Nall für den Rezitationswettbewerb des Staates Indiana an. Wieder wählte Jimmy einen Part, der ihm einen raschen Wechsel von Zorn, Aggressivität und bemitleidenswerter Trauer ermöglichte. Es war ein Auszug aus Charles Dickens' *‹Pickwick Papers›* mit dem Titel: *‹Manuskript eines Irren›*. Bei der Vorrunde in Peru, Indiana, kam Jimmy mit einem markerschütternden Schrei auf die Bühne. Er röchelte und brüllte – und am Ende brach er zusammen, rollte sich ein wie ein Tier. Die Mitglieder der Jury verliehen ihm den ersten Preis, Jimmy bekam die Schlagzeile auf der Titelseite der *‹Fairmount News›*; er sollte an der Endausscheidung teilnehmen,

1948 notiert die ‹Fairmount News›: «Dean spielt außergewöhnlich gut Baseball: vierzig Punkte in drei Spielen!»

die etwas später in Longmont, Colorado, stattfand.
James Dean wählte den gleichen Text, obwohl ihn Adeline Nall warnte – der Dickens-Text war, laut Wettbewerbsregeln, zu lang. Die Lehrerin begleitete ihn nach Longmont. Während die anderen Mitstreiter in Schlips und Kragen auftraten, präsentierte sich Jimmy in Jeans und mit offenem Hemd. Er *war* wild, riß sich die Brille von der Nase, starrte die Juroren mit hohlen Augen an. Sie waren fasziniert, gaben ihm aber schließlich nur den 6. Platz – der Text war zu lang. Jimmy machte nun Adeline Nall dafür verantwortlich, daß sie die Kürzung bei ihm nicht durchgesetzt hatte.

Die Pflegeeltern hatten mit Jimmy in seinem letzten Schuljahr immer mehr Disziplinschwierigkeiten. Marcus Winslow sagte später: «Irgendwie war er keiner mehr von uns.» Nach den Erfolgen im Laienspiel und bei den Rezitationswettbewerben war es auch den Winslows klargeworden, daß er Schauspieler werden müßte. Jimmys Großmutter Emma Dean: «Er hat uns schließlich überzeugt, als er in einem Laienspiel der Kirche mitwirkte, das *‹Für jene, die im Dunklen schlafen›* hieß. Jimmy spielte den blinden Jungen. Ich sag' Ihnen, ich hätte mir gewünscht, daß er es nicht ganz so gut gemacht hätte. Ich habe die ganze Zeit geweint.»

Sommer 1949
High-School-Abschluß

Jimmy machte im Sommer 1949 das Abschlußdiplom. Man verlieh ihm ein Sportabzeichen für die hervorragenden Leistungen als Hochspringer und Baseballspieler. Er bekam eine Auszeichnung im Kunstunterricht. Zwei der Bilder aus dieser Zeit hat er behalten und später in seinem Gepäck mit sich geführt. Freunde erinnern sich an die Karikatur eines Mannes als Aschenbecher, dessen lange, ausgestreckte Arme mehrere brennende Zigaretten halten, der Kopf nichts weiter als ein großer Mund, durchbohrt von einer riesigen Zigarre. Das andere Ölbild trug den Titel «Mensch in der Gebärmutter einer Frau». Man sah ein Skelett, das von grüner Haut überzogen war und im Schlamm stand, der aus einem Abflußkanal drang. Ein Arm war erhoben – voller Furcht oder Bitten –, die Beine im Schmutzwasser zerschmolzen.

1949 – Jimmy hatte Talente entwickelt und einen starken Antrieb, *etwas* zu machen. Was genau, war ihm nicht klar. Jimmys Vater hatte geschrieben – er wollte seinen Sohn bei der Universitätsausbildung in Los Angeles unterstützen.

Jimmy verließ eine Kleinstadt, deren Jugendkultur aus Motorradrennen und Tanzabenden in der Turnhalle bestanden hatte – provinziell, verglichen mit der reichen Jugendkultur in Hollywood, die James Dean später in *‹Denn sie wissen nicht was sie tun›* darstellen würde. Jimmy zog nach Westen, im Kopf einige der Träume, die Pastor de Weerd dort eingepflanzt hatte (für längere Zeit schrieb er ihm täglich). Jimmy war neugierig. Los Angeles, Hollywood – Kalifornien, der «goldene Westen». Was wird er bringen?

Das Kino ist für Kleinstadt-Jugendliche die einzige Verbindung zur Außenwelt. Hier spielen sie 1000 Leben und Träume durch. Wenig später auf der Leinwand: ‹Denn sie wissen nicht was sie tun.›

Die meisten der großen Hollywood-Studios sind überaltert und stehen heute leer – wie auf diesem Bild die ‹Paramount-Studios›. Die 15 m hohen HOLLYWOOD-Buchstaben in den Hollywood-Bergen sind mit Hilfe einer Spendenaktion wiederhergerichtet worden. Sie haben lediglich symbolische Bedeutung – die meisten Filme werden heute an Realschauplätzen gedreht. In Hollywood sitzt nur noch die Verwaltung und das Fernsehen. Anfang 1950, als James Dean dorthin kam, hätte sich das keiner träumen lassen.

Los Angeles

Der silberne Greyhound-Bus kam an einem heißen Juni-Tag des Jahres 1949 im Stadtzentrum von Los Angeles an. James Byron Dean wartete an der Busstation auf seinen Vater, den er in den verflossenen zehn Jahren nur gelegentlich gesehen hatte. Die Distanz zwischen den beiden war unübersehbar: nicht nur, daß Winton Dean vier Jahre nach dem Tod seiner Frau wieder geheiratet hatte und Jimmy die Stiefmutter Ethel kaum zur Kenntnis nahm – auch der Beschluß des Vaters, dem Sohn eine juristische Universitätsausbildung zu ermöglichen, ignorierte die wirklichen Sehnsüchte Jimmys. Jimmy hielt sich zurück. Seine Freunde bestätigen, er habe sich freundlich und höflich um die Herstellung «familiärer Atmosphäre» bemüht. Grundsätzliche Auseinandersetzungen fanden nicht statt. Jimmy verstand seinen Vater eher als eine Konvention, die ihm diese Gesellschaft zugeordnet hatte und der man – wie einem anderen Rollen-Spieler – je nach Situation begegnen kann: mal als Partner («eh, Alter»), mal als Anlaß für Reibereien.

Juni 1949
Ankunft in Los Angeles

Jimmy ließ sich zu Beginn des Wintersemesters überreden, statt des Studiums der Theaterwissenschaften an der Universität von Los Angeles (UCLA) Jura und Leibeserziehung am Santa Monica City College zu belegen. Der Vater fand, Jimmys Redetalente würden ihn zu einem guten Anwalt machen – und Jimmy fügte sich, vorerst. Später zu Louella Parsons: «Aber dieses Studium ist so akademisch. Ehrlich, ich hatte zu viele Gefühle, um mich zum Funktionär entwickeln zu können.»

Winter 1949/50
Studium am Santa Monica City College

Ein kurzer Abstecher ins Bühnengewerbe mit einem Musical (‹*The Romance of the Scarlet Gulch*›) blieb ohne Folgen – bis auf eine Notiz im Provinzblättchen ‹*Fairmount News*›, das den zurückgebliebenen Kleinstädtern haarklein vermeldete, was Jimmy seinen Großeltern geschrieben hatte.

Während seines ersten Semesters in Santa Monica belegte Jimmy so viele Theaterkurse wie nur möglich. Jean Owen war eine der Lehrerinnen, die sich für das Talent des jungen Mannes aus Indiana zu interessieren begann. In dem Beitrag *‹Ein unvergeßlicher Tag mit James Dean›* erinnert sie sich in der Zeitschrift *‹Movieland›*: «Ich habe ihn nie als komplexe und schwierige Person kennengelernt ... Jimmy war weder gefühlsbetont, wechselhaft ... noch rüde ... Wenn ich heute solche Geschichten lese, dann ist das fast, als würde ich etwas über eine vollkommen andere Person lesen. Ich verstehe nicht, warum über ihn viele so schreiben, als wäre er eine Art jugendlicher Krimineller. So war er nie. Ich erinnere mich an nichts Schmutziges oder Aufsässiges. Er war immer höflich und zuvorkommend; seine Begeisterung für alles, was mit dem Theater zusammenhing, war grenzenlos.»

Eine Mitstudentin aus dem College beschrieb ihn für die *‹Picture Post›*: «Er war scheu und linkisch, starrte durch eine große Hornbrille auf eine Welt, die ihn zum Narren hielt. Eines Abends lud ihn ein Junge, mit dem ich mich verabredet hatte, zu einem Bier ein – er fragte, ob er nicht mit an die Küste zu dem kleinen Café *‹Der Punkt›* kommen wolle. Dort trafen sich die jungen Leute gewöhnlich zum Biertrinken und zum Reden. Aber Jimmy mochte an dem Abend nicht reden. Er beschränkte sich darauf, die Wellen zu beobachten, die sich am Ufer brachen. Er konnte mit einfachem Geplauder nichts anfangen.»

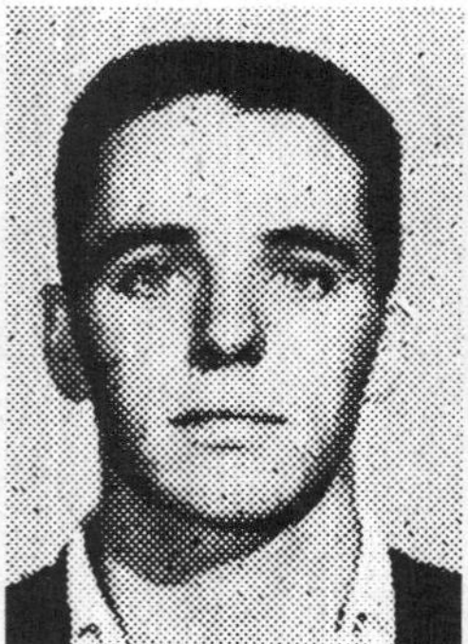

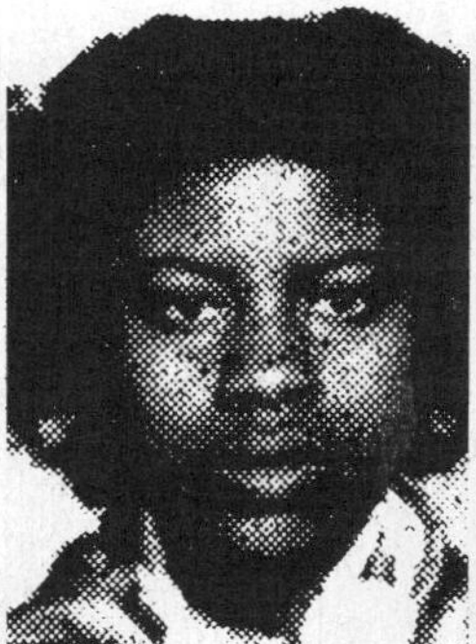

Das mußt Du Dir vor Augen halten: Jimmy Dean, in einer Kleinstadt groß geworden und auch dort schon isoliert von den Gleichaltrigen, kommt nach Kalifornien und macht bei den feststehenden Ritualen der jungen Leute nicht mit. Während in der Bundesrepublik 1950 weit mehr als 200000 Jugendliche ohne Lehrstelle und Arbeit sind und als von den Nationalsozialisten verführte und verschreckte Generation Gruppenbildung meiden – hier hätte Jimmy es leichter gehabt –, schließen sich in Amerika die jungen Leute zusammen. Verglichen mit den Menschen im besiegten Deutschland, leben sie in «großem Wohlstand» – kaufen sich aus dem Konsumangebot für Erwachsene einen unverwechselbaren Lebensstil zusammen, der dann erst später von den großen Firmen als «etwas Eigenes» entdeckt wird.

Treffen in Imbißlokalen und vor Cafés, in denen man Hamburger essen kann; Rituale wie das «Dating» – man holt die Freundin ab und fährt mit ihr an verschwiegene Plätze. Das Auto ist der einzige Bereich, in den die Erwachsenen – die meist großzügig den Chevy (Chevrolet) überlassen – nicht eindringen. Auf den Vorder- und Rücksitzen kämpfen sich die Jugendlichen durch die Ausgehkleidung und versuchen sich in krampfiger Zärtlichkeit.

Die jungen Männer – als Studenten in Heimen untergebracht, die einer studentischen Verbindung gehören («fraternity» = «Brüderschaft») – sehen sich unter großem Leistungsdruck. Sie versuchen sich gegenseitig in der Schilderung waghalsiger erotischer Abenteuer

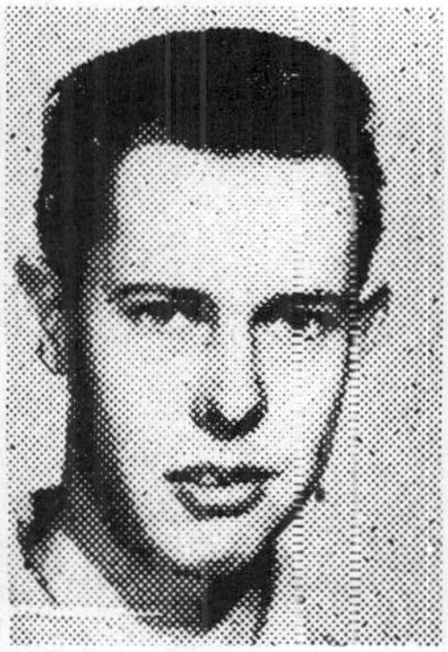

zu überbieten; selbstverständlich wird – wie ein riskantes sportliches Abenteuer – am höchsten bewertet, wem es gelungen ist, «ein Mädchen aufs Kreuz zu legen». Der Autor Jerome D. Salinger hat in seinem Roman ‹Der Fänger im Roggen› die Figur Holden Caulfield erfunden – einen unangepaßten Studenten, dem die eigenartigen Rituale seiner Mitstudenten zum Hals heraushängen und der den sinnlosen Wettstreit der Menschen um sich herum verachtet. Kokett verstrickt er sich in die Rolle des Außenseiters, der – Anfang der fünfziger Jahre – überhaupt nicht mehr weiß, warum man so leben sollte, wie alle anderen es ständig vormachen und sich dabei doch offenkundig unglücklich fühlen. So ähnlich mußt Du Dir James Byron Dean mitten unter seinen Kommilitonen vorstellen.

Jimmy sah sich alles genau an, sog es auf, imitierte es in kleinen Szenen. Er machte Parodien auf seine Mitstudenten: die kindliche Sonnigkeit der Jungs aus Kalifornien, die Muskelüberheblichkeit eines Bademeisters am Pool reicher Leute, die Mondgesichtigkeit der Anfangssemester. Bei Winton und Ethel stießen solche «Nummern» auf Unverständnis – nicht, daß sie ihn dafür straften, sie reagierten einfach nicht. Das Gefühl des «Nicht-erwünscht-Seins» muß sich bei Jimmy immer wieder eingestellt haben – er verbarg es, füllte ein Reservoir der Auflehnung gegen Autoritäten, das später in den Filmen aufgebrochen werden sollte.

Jimmy mietete sich gemeinsam mit einem Kommilitonen eine kleine Wohnung. Seinem Vater legte er hervorragende Zensuren in der Sportlehrer-Ausbildung vor. Er überzeugte ihn, daß er an der UCLA die juristische Ausbildung würde verbessern können – der Vater akzeptierte: Sofort schrieb sich Jimmy im Nebenfach bei den Theaterwissenschaften ein.

Während der Semesterferien im Sommer 1950 arbeitete Jimmy als Sportlehrer an einer Militärschule. Dort traf er einen Kommilitonen, der so viel Gefallen an ihm fand, daß er Jimmy für die Aufnahme in die exklusive studentische Verbindung *Sigma Nu* vorschlug. Jimmy ließ Gelegenheiten nicht unnütz verstreichen, wenn es sich anbot, aus einer Situation möglichst viel Anerkennung durch andere herauszuschlagen. Er war klug genug, Situationen auf die Verwertbarkeit für die eigenen Ziele hin einzuschätzen. Einige seiner ehemaligen Freunde haben das als Anpassungsbereitschaft und Opportunismus ausgelegt. Warum eine bekannte studentische Verbindung? Sie ermöglichte Kontakte zu einflußreichen Familien und war so etwas wie ein Ausweis. Was die sportlichen Aktivitäten als Schwerpunkt der «Fraternity» anging, so hatte sich Jimmy bereits hinreichend ausgewiesen. Das Jura-Studium war ein weiterer Pluspunkt. Sein Interesse an der Schauspielerei und seine Pläne fürs Theater behielt Jimmy für sich.

Sommer 1950
Immatrikulation an der UCLA

Ab Sommer 1950
Vorübergehend in der Studentenverbindung *Sigma Nu*

Vorbild: Marlon Brando

Bevor das Wintersemester begann, fuhr Jimmy nach Fairmount zu Onkel Marcus und Tante Ortense, zu James de Weerd und den anderen Bekannten. Er half bei der Ernte. Am Tag vor seiner Abreise setzte er sich auf sein Motorrad und fuhr nach Marion ins Kino. Dort lief ein Film von Fred Zinnemann über gelähmte Kriegsheimkehrer: ‹*Die Männer*›. Es war der erste Film mit einem Schauspieler, über den Jimmy schon in Los Angeles viel gehört hatte. Dieser Schauspieler hatte vorher nur Theater in New York gespielt. Sein Name: Marlon Brando.

Brando erschien vielen Leuten als der schlüssigste Ausdruck eines neuen Rebellentyps, der in den Hollywoodfilmen der vierziger Jahre durch kontaktarme, wortkarge Anti-Helden wie Humphrey Bogart, John Garfield und Montgomery Clift vorbereitet worden war. Sie waren Männer, die längst nicht mehr ungebrochen aus jeder Situation als die Größten und Schönsten hervorgingen. Sie waren von Selbstzweifeln zernagt – nicht unähnlich den Männern, die aus den von Amerikanern besetzten Ländern des Zweiten Weltkriegs nicht nur das Gefühl des Siegers, sondern auch äußere und innere Beschädigungen mitgebracht hatten. Der Alltag der Vernichtung hatte Tränen möglich gemacht und wurde nicht mit «Na-Kumpel»-Schultergeklopfe und Camel-Zigarettenstangen überdeckt.

Jimmy Dean war hingerissen von Marlon Brando, der sich schlam-

Marlon Brando als Kriegsveteran in dem Zinnemann-Film ‹The Men›: ein ungeduldiger 27jähriger Mann, der Hollywood haßte.

Jimmy Dean in seiner ersten Filmrolle: ‹Jenseits von Eden›. Sein Vorbild ist unverkennbar.

Die Vorbilder: Der sensible John Garfield (gest. 1952) muß Joan Crawford (gest. 1977) beschützen. Natalie Wood erlaubt James Dean, schwach zu sein. Die Cowboys: Montgomery Clift (gest. 1966) in ‹Red River›, James Dean (gest. 1955) in ‹Giganten›.

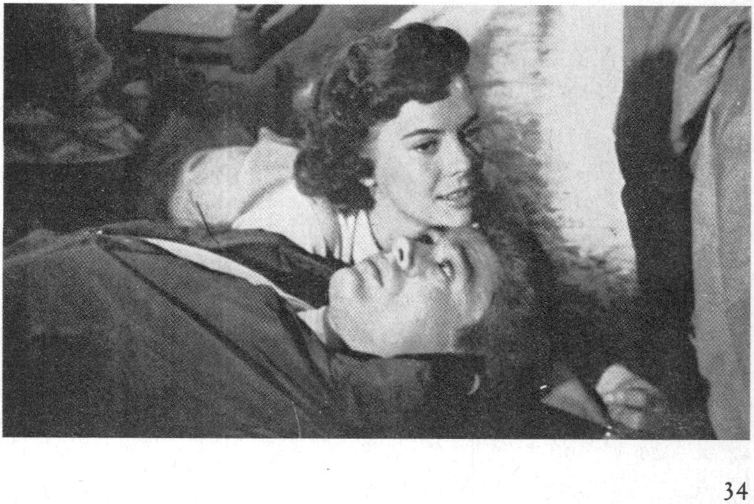

pige Aussprache, Blue Jeans und Verachtung gegenüber dem Hollywood-Star-System erlauben konnte. Brando auf der Leinwand war das Modell des «method acting» – einer Spielweise, die nicht nur rezitierte oder verkörperte, sondern sich auf die Suche nach dem wirklichen, alltäglichen Gefühl innerhalb einer Rollen-Gestalt begab. Im Nachempfinden und der Entdeckung von Gefühlen, die jeder Mensch irgendwo in sich verbirgt, sollten Grundbestimmungen des Lebens aufgedeckt werden. Der faszinierte Jimmy hörte, daß Brando sich vier Wochen lang in einem Krankenhaus mit Kriegsversehrten vorbereitet hatte. Er bewunderte die Disziplin und Intensität. Für ihn kamen von der Leinwand nicht nur Illusionen, sondern das wirklich anrührende Gefühl, einem Bruder oder Partner in der Suche nach den Ursprüngen der eigenen Probleme begegnet zu sein. Als Jimmy Dean nach Los Angeles zurückkehrte, war sein Wunsch unumstößlich. Er wollte ein ebenso großartiger Schauspieler werden.

Ein Freund

Der Studienbereich Theaterwissenschaften an der UCLA war naturgemäß besser ausgestattet als beispielsweise die Theaterklassen am Santa Monica City College. Die Schauspieler und Regisseure pflegten die Kontakte zum Fundus und zu den Kostümlagern der benachbarten Hollywood-Studios, so daß die Inszenierungen manchmal so kostbar und professionell ausgestattet waren wie die großer städtischer Bühnen. Allerdings waren wirkliche schauspielerische Talente Mangelware. Sobald Proben angesagt waren, brach ein heftiger Konkurrenzkampf unter den Studenten aus. Die jüngeren Mitglieder der Theaterklassen versuchten sich gegenüber den «bewährten» Talenten zu profilieren.

Winter 1950
Rolle als Malcolm in ‹*Macbeth*›

Bereits einen Monat nach seiner Immatrikulation gelang es Jimmy, eine gute Rolle an Land zu ziehen. Er wurde für eine Aufführung von Shakespeares ‹*Macbeth*› als Malcolm besetzt – warum, kann heute keiner mehr feststellen. William (Bill) Bast lernte James Dean während der Proben zu dem Shakespeare-Stück kennen. In seinen lesenswerten persönlichen Erinnerungen bemerkt er lakonisch: «Jimmy Dean, ein Name, den man sich nicht merken muß.» Und auch die Studentenzeitung der Fakultät verriß Jimmys Vortrag kurzerhand: Malcolm (James Dean) fehle jede Größe und habe einen Hohlkopf von König abgegeben.

Jimmy war «niemand». Bill Bast: «Der unaufdringliche junge Mann mit dem ungebändigten sandfarbenen Haarschopf streifte still auf dem Universitätsgelände umher, kümmerte sich offenbar ausschließlich um seine eigenen Angelegenheiten und trat nur gelegentlich hinter dem Hornbrillengestell seiner dicklinsigen Gläser hervor. Er schien nichts weiter als ein einfacher, zurückgezogener Junge zu sein, der noch nicht lange von seiner heimatlichen Farm fort war.»

Immerhin hatte dieser «unaufdringliche junge Mann» mit der verrissenen Macbeth-Aufführung die Talentsucherin Isabel Draesmer beeindruckt. Sie suchte «Gesichter» für ihre Kartei. Isabel Draesmer mochte Deans Schlußmonolog, ging nach der Vorstellung in die Garderobe und bot ihm an, solle er je Kontakte brauchen, sie sei interessiert. Jimmy rief einige Tage später bei ihr an.

Für deutsche Verhältnisse ist das kaum mehr vorstellbar (es könnte so in Berlin gewesen sein, als dort in den zwanziger Jahren Theater und Filmstudios konzentriert waren), aber: Hollywood und die Universität in Westwood lagen so dicht nebeneinander, daß es selbstverständlich war, irgendwann einmal irgendwo in einem Studio als Bote oder Statist arbeiten zu können.

Nirgendwo sonst waren Traum und die mögliche Erfüllung eines Traums derart greifbar. Man mußte nur durch Beverly Hills fahren, um an den prachtvoll imitierten Fassaden der Luxusbungalows die scheinbar «traum»-haften Möglichkeiten eines Star-Daseins ablesen zu können. Irgendwo hatten sie alle klein angefangen – das suggerierten jedenfalls immer wieder die Presse-Veröffentlichungen der großen Studios und die vielen Fan- und Klatschmagazine. Bist Du erst einmal innerhalb des umzäunten Areals eines Studios mit allen seinen großen Hallen und Freilichtzonen, wird Dich schon jemand entdecken: beim Postaustragen, in der Kantine, in der Menschenmenge als vierter von rechts.

Das Großartige an Hollywood und sicherlich auch einer der Hauptgründe für den Erfolg der Filme bis Ende der fünfziger Jahre ist die merkwürdige Verkettung wirklicher Träume und Hoffnungen mit dem, was dann auf der Leinwand zu sehen ist. Viele «wirkliche» Schicksale und Biographien lesen sich wie Kitschromane – deshalb müssen die «kitschigen» Filme, die dabei herauskommen, noch lange nicht jener «Schmutz und Schund» sein, für den die Lehrer in deutschen Schulen die Erzeugnisse der «Traumfabrik» hielten. (Das hat sich auch nicht so sehr geändert.) Die Filme leben letztlich von den lebendigen Menschen, die in das Spiel – zumeist ohne es zu beabsichtigen – ihre eigenen Sehnsüchte einbringen und deren «hoffnungslose Romanzen» und «ruhelosen Herzen» wir mit Tränen und großer Rührung betrachten. Das kann nicht «schlecht» sein. Wichtig ist nicht der Verlauf einer Geschichte und die abgepackte Botschaft, sondern die innere Bewegung, die man dabei verspürt. Sie ist das einzig «Wirkliche», das auch bei uns ankommt.

Das ist Kino, das ist Hollywood: Spektakel, Aufwand, Bewegung.

D. W. Griffith, Filmpionier, drehte 1915 den Stummfilm ‹Intolerance›.

Infiziert mit dieser «inneren Bewegung» aus dem Kino, suchte Jimmy den Kontakt zur Arbeitswelt des Kinos – Hollywood. Isabel Draesmer gab ihm eine Liste der wichtigsten Besetzungsbüros, riet ihm, einige gute Porträtfotos anfertigen zu lassen und nannte ihm Anlaufstellen für winzige Rollen und Statisterie.

Diese Entwicklung paßte nun gar nicht in das Selbstverständnis der anderen Studenten in der *Sigma-Nu*-Verbindung, für die Schauspielerei und Interesse an Kunst «memmenhaft» und sicherlich «irgendwie schwul» war: Ein richtiger Sportsmann – und für solche hielten sich die gutbetuchten Söhne reicher Eltern alle – tut «so etwas» nicht. Diese Männergemeinde, die sich lärmend über «Schwuchteln» und«warme Brüder» ausließ, derweil sie heftigen Bierkonsum als Entschuldigung für tapsiges Anfassen und verlegene «Zärtlichkeiten» nahm, zog Jimmy Dean auf. Er entglitt zu sehr ihren «sportlichen» Wettbewerbsvorstellungen.

Eines Abends wurde es Jimmy zu bunt, und er schlug zwei der «Sportskameraden» nieder – ähnlich seiner heftigen Reaktion im Schulunterricht in Fairmount. Die *Sigma-Nu*-Gemeinde warf ihn sofort hinaus.

Jimmy hatte sich mit William Bast mehr oder weniger zufällig angefreundet, weil sie gemeinsame Freundinnen hatten. William Bast begriff sich ebenfalls als Außenseiter gegenüber dem festen Kreis der Verbindungsleute. «‹Wissen Sie, Sie und ich würden ein gutes Gespann abgeben›, schlug er (Dean) mir vor, als wir etwa einen Monat nach unserer Bekanntschaft eines Abends zusammen in einem Omnibus von Hollywood nach Westwood Village fuhren. In dem matten Licht der Omnibusbeleuchtung konnte ich sehen, wie er mich mit seinen tiefblauen Augen hinter den dicken Brillen, die den Ernst ihres Ausdrucks vergrößerten, anschaute.

Tarzan Johnny Weissmüller und seine Jane im Studio. Der intime Augenblick ist sorgfältig arrangiert: Licht auf den Haarspitzen, diskretes Make-up, gut plaziertes Mikrofon, aufgebaute Kamera mit Assistenz. Die Klappe wird geschlagen, Bild und Ton ab, jede Szene wird mehrfach gedreht und dann am Schneidetisch montiert.

In dem Augenblick, bevor ich ihm antwortete, dachte ich, wie merkwürdig es doch war, daß dieser junge Mann, den ich mir gar nicht als Freund erwählt hatte, in wenigen Wochen ein wesentlicher Bestandteil meines Lebens geworden war. Ich sagte mir, das sei nur durch die Umstände verursacht. Wir waren ziemlich viel durch unsere Mädchen, Joanne und Jeannetta, zusammengebracht worden und hatten uns daran gewöhnt, alles gemeinsam zu tun – eine der unglücklichsten Sitten Amerikas.»

Warum fand Jimmy, daß William (Bill) und er ein gutes Gespann abgeben würden? Jimmy versuchte, Bill die gemeinsamen Interessen klarzumachen – beide «Außenseiter» vom Land, die ins goldene Kalifornien gekommen waren: Bill, der zuerst als Schauspieler, dann als Autor, und Jimmy, der als Schauspieler die Festungen der Filmstudios und Fernsehstationen einrennen wollte.

«Ein Gespann?» fragte Bill Bast.

«‹Tja. Wir beide ergänzen einander in gewisser Weise›, erklärte er. ‹Sie sind ein kluger Kerl. Ich meine, Sie wissen eine Menge Dinge, die ich wissen sollte. Und es gibt vermutlich viel, worin ich Ihnen helfen könnte.› . . . Während ich nun mit ihm in dem Bus fuhr, überlegte ich, was er gerade gesagt hatte, und gab mir selbst gegenüber zu, daß er in gewisser Weise recht hatte. In der kurzen Zeit, die wir einander kannten, hatte ich gemerkt, daß Jimmy über keine gründliche Bildung verfügte. Er schien nur allgemeine Kenntnisse über Literatur und selbst über das Theater zu haben, und obschon wir nie über Musik, Politik oder Philosophie gesprochen hatten, fühlte ich, daß er auch auf diesen Gebieten nicht gut beschlagen war . . . Jedenfalls war es Jimmy gelungen, meinem Ich damit zu schmeicheln, daß er zugab, durch die Bekanntschaft mit mir profitieren zu können. Darin konnte ich ihm nur beistimmen.» Jimmy seinerseits wollte Bill Bast an Isabel Draesmer weitervermitteln.

Jimmys bester Freund, Bill Bast (links)

Als James Dean nach Los Angeles kam, hatte Charlie Chaplin bereits seine ersten Verhöre durch die McCarthy-Hexenjäger hinter sich. Ihm wurden Kommunismus und Vielweiberei vorgeworfen. Die Jagd auf die Unangepaßten war in vollem Gange.

Januar 1951
James Dean zieht mit William (‹Bill›) Bast zusammen

Der Handel erschien Bill Bast einleuchtend. Gemeinsam bezogen sie im Januar 1951 ein 3-Zimmer-Dachgeschoß in einem Haus in Santa Monica, mit Ausblick auf Palmenpromenade und den Pazifik. Weil die Wohnung ziemlich teuer war, mußten die beiden Freunde intensiv neue Kontakte knüpfen. Bill kam als Bote beim CBS-Radio unter und konnte schon bald – gemeinsam mit Jimmy – kleine Rundfunk-Sprecherrollen übernehmen. Sie ließen Fotos von sich anfertigen und wurden in Isabel Draesmers Schauspielerkartei aufgenommen.

Bill Bast: «Jimmy wurde zum Ansporn und hielt uns beide geistig regsam! Er beharrte unnachgiebig auf seinen Bemühungen, alles so rasch wie möglich zu lernen, wobei er öfter seine Energien dadurch vergeudete, daß er gleichzeitig nach allen Seiten zugriff ... Wir nahmen die Gewohnheit an, einander laut aus verschiedenen Bühnenstücken vorzulesen, teils in dem Bemühen, uns mit noch mehr Theaterliteratur bekanntzumachen, und teils in der Absicht, Jimmys Aussprache zu verbessern. Es wurde bald offenkundig, daß seine Aussprache eine Aufbesserung längst nicht so nötig hatte wie sein Wortschatz. Zuerst versuchte ich, da es der einfachste und schnellste Weg schien, die Worte, die er nicht verstand, in meiner eigenen unzulänglichen Art zu erklären. Aber nach einer Weile nahmen wir unsere Zuflucht zu Websters Wörterbuch, da Jimmy mich mehrmals ertappte, als er meine aus dem Handgelenk geschüttelten Definitionen nachschlug, daß ich weit daneben gehauen hatte. Und so lasen wir dann weiter, um seine Aussprache und *unseren* Wortschatz zu verbessern.»

Ein Foto aus den zwanziger Jahren. Der Regisseur Erich von Stroheim verfilmt ‹Die lustige Witwe›. Auch Regisseure fielen der Allmacht der Studio-Bosse zum Opfer. Wer nicht parierte, wurde kaltgestellt. Bertolt Brecht schreibt 1942 in seinem ‹Arbeitsjournal›: «Es wird damit gerechnet, daß die Schauspieler nicht spielen und die Zuschauer nicht denken können.»

Erste Schauspielklasse

Anfang 1951
Erste Schauspielklasse bei James Whitmore

Bill Bast überredete neun Studenten der Theaterwissenschaften und Jimmy, an einer kleinen Studiengruppe unter der Leitung des Berufsschauspielers James Whitmore teilzunehmen. James Whitmore, so sah es aus, konnte den Studenten Wissen und Techniken über Spielweisen vermitteln, die an der Universität nicht gelehrt wurden. Wieder begegnete Jimmy der «Methode» – jener in New York an Elia Kazans und Lee Strasbergs *Actors Studio* (Schauspieler-Studio) entwickelten Spielweise, die sich an den Trainingsprogrammen des russischen Schauspiellehrers Stanislawski orientierte.
In freiwilligen Zusammenkünften lernte Jimmy die wichtigsten Techniken, die ihm zur Entdeckung seelischer Motive von Bewegungen und Handlungsabläufen verhelfen sollten. Er entdeckte, wie wichtig Konzentration war, um persönliche Verwandlungen auszulösen. Inneres Überzeugtsein schien der Schlüssel zu der Magie, die für ihn Marlon Brando ausstrahlte. Die ersten Übungen in den Schauspielklassen von James Whitmore beschränkten sich auf das Kennenlernen der jungen Leute untereinander. Sie übten Bewegungen, Gesten und Gesichtsausdrücke, mit denen sie Angespanntheit oder eine «geheimnisvolle Atmosphäre» – allein über das Mittel der Konzentration – erzeugen sollten. Worte oder Geräusche waren nicht erlaubt. In der nächsten Stufe der gemeinsamen Arbeit ließ Whitmore die Studenten aufeinander los: Sie mußten sich in eine ausgedachte spannungsgeladene Situation begeben und im Rollenspiel improvisieren. War die Szene nicht spannungsreich genug, nahm Whitmore einen der Schauspieler beiseite und flüsterte ihm Anweisungen zu, mit welchem Ziel er die Szene zu beenden habe.
James Dean und Bill Bast mußten eine solche Szene miteinander improvisieren. «Whitmore nahm ihn (Jimmy) beiseite und sagte ihm heimlich, er sei ein College-Student, der eine Armbanduhr gestohlen hatte. Er hatte die Uhr zu einem Juwelier gebracht, um sie reparieren zu lassen, aber erfahren, daß ihm die Polizei hart auf der Spur war. Um nicht erwischt zu werden, mußte er die Stadt mit dem nächsten Bus verlassen, der in fünfzehn Minuten abfuhr. Es war

seine Aufgabe, um jeden Preis die Uhr von dem Juwelier zurückzubekommen und den Bus zu erreichen. Ohne daß Jimmy es hören konnte, sagte mir Whitmore, ich sei ein Juwelier, der von der Polizei auf einen jungen Mann aufmerksam gemacht worden war, der so aussah wie Jimmy.»

Die Szene wurde nach mehreren schwachen Versuchen abgebrochen. Es hatte die richtige Konzentration gefehlt, meinte Whitmore.

«Als Whitmore mich anwies, noch einmal zu beginnen, bereitete Jimmy sich still, ruhig und beinahe gleichgültig auf den Auftritt vor. Wir versuchten erneut die Szene. Zuerst war die offenbar mit Jimmy vorgegangene Verwandlung fast erschreckend für mich. Mit grimmiger Entschlossenheit ging er an die Aufgabe heran, die Uhr zu bekommen. Es war, als gäbe es nichts anderes auf der Welt für ihn. Ich war ganz bereit, ihm das Ding auszuhändigen, um Unheil zu vermeiden, jedoch gezwungen, sie ihm zu verweigern. Je mehr er darauf bestand, um so beharrlicher weigerte ich mich. Er wurde ausfallend und gewöhnlich und belegte mich mit Schimpfworten.

Ich brauste auf, geriet in Wut, schimpfte zurück und nannte ihn alles, was mir einfiel.

Er griff über den Ladentisch hinweg nach mir, und der darauf folgenden Prügelei mußte von Whitmore und den anderen Einhalt geboten werden.

Nach dem Ende der Szene waren wir beide baß erstaunt über uns. Wir hatten an das, was wir taten, tatsächlich bis zur körperlichen Gewaltanwendung geglaubt. Ich war wie elektrisiert, als hätte ich eine Schockbehandlung bekommen. Jimmy verharrte eine Weile in einer großen nervösen Erregung, verfiel aber bald nach dem Auseinandergehen der Versammlung in einen Depressionszustand. Das Erlebnis war, wenn auch aufschlußreich und lohnend, körperlich und geistig erschöpfend gewesen.»

Dieses Nach-Spiel blieb für Jimmy zeit seines Lebens ein großes Problem: Whitmore kritisierte seine Schauspieler hinterher kaum, so daß Jimmy seine Erschöpfung «genießen» und die nachhängenden Gefühle auskosten konnte. Später, unter dem Druck der Fernseh- und Filmstudio-Produktion, blieb jedoch kaum Zeit für das

Diese Situation hat Jimmy Dean in seinem Leben oft durchgespielt: ein unvermittelter Wutausbruch, der Gegner geht zu Boden. Hier ist es Dick Davalos in ‹Jenseits von Eden›.

Nach-Spiel, weil ja weiterproduziert werden mußte. Kritik, die kurz und bündig geäußert wurde, stieß bei Jimmy auf überhaupt kein Verständnis, hatte er sich doch selbst völlig eingebracht.
Die Erfahrungen in der Klasse von James Whitmore hinterließen bei Jimmy einen tiefen Eindruck. Zum erstenmal in seinem Leben merkte er, daß das bewußte Verstehen allein nicht genügt, sondern das das Begriffene *in die Tat* umgesetzt werden mußte. «Er hatte immer geglaubt, schauspielern sei etwas, was er verstand, nun aber war es etwas, was er wirklich ausführen konnte – und zum erstenmal bekam es einen Sinn.» (Bill Bast)
Jimmy machte von seinem neuerworbenen Können bei der Verfilmung eines allegorischen Kriegsstückes, ‹*Hügel Nummer 1*›, Gebrauch. Er hatte diese Rolle bekommen, weil er von einem Produzenten (Jerry Fairbanks) erfolgreich in einem 2-Minuten-Pepsi-Cola-Werbespot eingesetzt worden war und dem Regisseur bei diesem 10-Dollar-Tagesjob als «typisches» Teenagergesicht aufgefallen war. Zwei der späteren Schauspielerkollegen aus ‹*Denn sie wissen nicht was sie tun*› wirkten ebenfalls bei dieser etwas albernen Karussellszene mit: Jimmy warf jedem eine Cola-Flasche zu, später tanzten sie gemeinsam um eine Musicbox herum.

Frühjahr 1951
Rolle in ‹*Hügel Nummer 1*›

Jerry Fairbanks hatte eine gute Wahl getroffen: Das Lampenfieber während der Dreharbeiten und die durch James Whitmore entfesselte Spannung verliehen Jimmys kurzem Auftritt als «Johannes der Täufer» eine eigenartige, sehr verletzliche Qualität. Es waren zwar nur drei Textzeilen – aber immerhin. Ein Ausspruch des Hollywood-Regisseurs Howard Hawks bestätigt die Ausstrahlung, die ein Schauspieler haben muß und die Jimmy offenkundig vermittelte: «Man muß einen Schauspieler nur für Sekunden vor die Kamera setzen, um herauszufinden, ob ihn die Kamera mag. Wenn ja, dann nimmt sie alles auf, was er macht. Stars sind nicht notwendigerweise große Schauspieler; sie sind große Persönlichkeiten, und das kann man sofort erkennen.»
Als der Film in der Osterzeit 1951 ausgestrahlt wurde, erkannte zumindest eine kleine Gruppe Jimmys Ausstrahlung. Es waren Mädchen der Konfessionsschule «Vom Unbefleckten Herzen», die

Als Johannes der Täufer in ‹Hügel Nummer 1›

den Film während der Osterferien als «Hausaufgabe» anschauen sollten. Sie bemühten sich bei Isabel Draesmer um Jimmys Adresse und kündigten an, sie wollten einen Fan-Club gründen. Jimmy und Bill Bast wurden zu einem Tee eingeladen, bei dem offiziell «Die Gesellschaft zur Verehrung von James Dean durch die Schülerinnen vom Unbefleckten Herzen» eröffnet wurde. Außer diesem allerersten Fan-Club passierte gar nichts nach *‹Hügel Nummer 1›*: kein neues Angebot, keine Aussichten auf eine neue Rolle – irgendwann kein Geld mehr, schon gar keine Lust zur Fortsetzung des Studiums an der UCLA. Bill Bast beobachtete, wie Jimmy immer häufiger jene – wenn auch manchmal angestrengte – Ausgeglichenheit verlor, die er ursprünglich so an ihm geschätzt hatte.

Verabredungen

Sommer 1951: Jimmy war zwanzig und häufig depressiv. Mindestens einmal am Tag verfiel er für längere Zeit in bedrückendes Schweigen – eine Form des Rückzugs auf sich selbst, mit der Bill Bast große Schwierigkeiten hatte. Es waren Stunden wie in der Zeit nach dem Tod von Jimmys Mutter. Bislang wußte Bill Bast zwar von manchen Verständigungsschwierigkeiten, aber hier hatte er das Gefühl, völlig außen vor zu sein. Jimmy saß einfach in seinem Zimmer und starrte unentwegt in die Luft. Bei den verschiedenen Annäherungsversuchen bekam Bill Bast nur ein Grunzen oder einen verlorenen Blick ab. Bill Basts Mutter, die für kurze Zeit die beiden jungen Männer versorgen wollte, hielt es in der Wohnung nicht mehr aus, sobald sie mit Jimmy allein war – völlig aufgelöst berichtete sie ihrem Sohn, sein bester Freund sei ihr unheimlich, weil er nichts, aber auch gar nichts sage. Sie verließ Los Angeles panikartig.

Während Bill noch sein Studium aufrechterhielt, rutschte Jimmy völlig ab in die Zwischenwelt jener aufgeputzten und traurigen Schauspieler und Statisten, die den Sunset Boulevard und die Studio-Kantinen bevölkern und auf die große und einzige Entdeckung

warten. Jimmys Leben näherte sich dem Leben dieser Leute an: voller Unsicherheit, unklar in der Zielsetzung, bereit zur Prostitution und Selbstaufgabe, wenn nur der ersehnte Traum Wirklichkeit wird. Jimmy wurde in den Kreis jener aufgenommen, die nächtelang in den Bars und Drugstores rumlungern und darauf warten, daß eine alternde Schauspielerin oder ein homosexueller Produzent sie mitnimmt: ein paar nette Worte, «Junge, aus dir muß doch was zu machen sein», «wir sollten uns mal bei mir zu Hause darüber unterhalten», eine kalte Zärtlichkeit am Knie, zwischen den Beinen, in der Garage stehen und aufs Bett werfen, der frühe Morgen und «ich ruf dich an». Niemals ein Anruf.
James Dean sagte später, nur die ständigen Treffen mit Whitmore und der Schauspielklasse hätten ihn vor dem endgültigen Abgleiten bewahrt. «Ich bin ihm viel schuldig. Er hat mich, glaub ich, gerettet, als ich völlig durcheinander war. Er sagte mir, ich würde den Unterschied zwischen Darstellung als solala-Job und Darstellung als schwierige Kunst noch nicht kennen. Ich müßte diese Unterschiede noch lernen.»
Bill Bast besorgte Jimmy schließlich einen Job – ebenfalls als Bote bei der CBS. Jimmy hielt es nur eine Woche dort aus, weil er seine Uniform als «Affenanzug» lächerlich machte und sich weigerte, die von ihm geforderten Anstandsgesten und Höflichkeitsfloskeln vorzuführen. Hollywood, so gab er allen zu verstehen, sei ein Fassadengeschäft, an dem er jetzt und auch in Zukunft nicht teilhaben würde.
Bill Basts Unterstützung für Jimmy ging so weit, daß er ihm sogar regelmäßig Benzingeld für seinen Chevrolet, Jahrgang 1939 (ein Geschenk von Jimmys Vater), gab. Um so bitterer empfand Bill Bast, als er entdeckte, daß Jimmy die Zeit seiner Abwesenheit zu Autotouren mit Bills Freundin benutzte.
Bast hatte schon einige Wochen um eine junge Schauspielerin geworben, die er bei der CBS kennengelernt hatte, Beverly Wills. Beverly ging noch zur Schule. Bill hatte Jimmy zu einem Sommerpicknick dieser Schule mitgenommen und ihn seiner Freundin Beverly vorgestellt. Plötzlich war Konkurrenz da, ohne daß Bill Bast

es zuerst bemerkte. Jimmy stieg in einen Wettbewerb ein, den er – wie alle Wettbewerbe – mit großer Konsequenz bestritt.

Beverly Wills erinnerte sich sechs Jahre später für die Zeitschrift ‹*Modern Screen*› an die erste Begegnung: «Ich hielt ihn für einen ziemlich unmöglichen Typen. Als wir uns aber ans Picknick machten, wurde er urplötzlich lebendig. Wir sprachen über Schauspielen, und Jimmy war Feuer und Flamme. Er erzählte mir, wie sehr ihn die Stanislawski-Methode interessiere, bei der man nicht nur Menschen verkörpert, sondern auch Gegenstände.

‹Sieh mal›, sagte Jimmy, ‹ich bin eine Pinie im Sturm.› Er streckte seine Arme aus und winkte wild. Um sich freier zu fühlen, riß er ungeduldig seine billige, enge blaue Jacke runter. Plötzlich sah er größer aus, denn man sah seine breiten Schultern und daß er kraftvoll gebaut war. Dann wurde er wilder und gab vor, ein Affe zu sein. Er erkletterte einen großen Baum und schwang an einem hohen Zweig. Als er sich vom Zweig fallenließ, landete er auf seinen Händen wie ein kleiner Junge, kicherte ansteckend über jede kleine Sache. Einmal im Mittelpunkt, aß er sich daran satt und hielt uns den ganzen Nachmittag in Trab. Der ‹unmögliche Typ› war *der* Hit der Party geworden.»

James Dean war von da an immer dabei, wenn Bill sich mit Beverly traf – er begnügte sich dann mit Beverlys Freundin oder einer Studentin von der UCLA, Jeannetta Lewis. Diese Doppel-Verabredungen endeten nur zu häufig im aufwendigen Bungalow von Beverlys Mutter, die in Hollywood eine berühmte Komödien-Darstellerin war. Es gab genügend zu trinken und zu essen – für Jimmy und Bill zu jener Zeit eine willkommene Abwechslung von ihren mageren Speiseplänen.

Sobald Bill bei der CBS Dienst hatte, traf Jimmy Beverly und «transportierte» sie mit seinem Auto. Sie verbrachten mehr und mehr Zeit zusammen, spielten Golf. Eines Tages teilte dann Beverly Bill mit, daß sie sich in Jimmy verliebt hätte. Der tief getroffene Bill beklagte sich darüber bei Jeannetta Lewis, die – wie sich herausstellte – von Jimmy bei ihren Verabredungen immer noch im Glauben gehalten worden war, sie sei seine einzige Freundin. Jeannetta stachelte Bill Bast auf, seine Sachen zusammenzupacken und aus der Santa-Monica-Wohnung auszuziehen. Als Bill das Haus verließ, stellte sich Jimmy voller Haß und abgrundtiefer Traurigkeit dazwischen. Er packte zuerst Bill, dann schlug er Jeannetta mit der ganzen Heftigkeit einer in sich aufgestauten Verzweiflung zu Boden: Sie habe diese Freundschaft zerstört.

Bill Bast ließ Jimmy mit schlechten Gefühlen zurück. Beide hatten einander gebraucht: Für Jimmy war es die einzige beständige Beziehung während dieser zwei Jahre in Los Angeles gewesen. Auch Bill war verzweifelt: «Ich fühlte mich leer. Wozu war alles das geschehen? Ich wußte es nicht. Ich wußte nur, daß ich mich leer, einsam und traurig fühlte . . .

Es gab damals nur die Arbeit, um meine Stunden auszufüllen. Es gab keine wundervollen Lesesitzungen bei Kerzenlicht mehr, nicht mehr lange, leise, tiefe Gespräche über Dinge, die immer ein Geheimnis bleiben würden, keine unvorhergesehenen Abenteuer mehr. Ich ging nicht mehr zu Whitmore zum Unterricht, um nicht Jimmy zu begegnen.»

«Hofnarr»

Der einzig positive Aspekt dieser Trennung war der Schock für Jimmy, daß kein Geld mehr vorhanden war – es wurde ihm klar, wie sehr er von der finanziellen Unterstützung durch Bill profitiert hatte. Jimmy mußte Arbeit suchen. Beverly half ihm fürs erste mit einer Monatsmiete über die Runden. Eine Bekanntschaft aus der CBS-Zeit, Ted Avery, besorgte Jimmy eine Arbeit als Parkwächter, die ihm möglicherweise zu Kontakten mit Leuten, die bei und für CBS arbeiteten, verhelfen sollte. Avery war ein typischer Asphalt-Cowboy: Im Cowboy-Anzug führte er interessierten Western-Produzenten vor, daß sie hier ein Talent für eine kleine Rolle vor sich hatten. Jimmy verkleidete sich ebenfalls, lernte Reiten und Lassowerfen. Als Averys Frau auf Urlaub ging, zog Jimmy in das Apartment der Eheleute.

Sommer 1951
Statist in verschiedenen Hollywood-Produktionen

Über Avery drang Jimmy in den Kreis der Hollywood-Regie- und Produktionsassistenten vor, die aus ähnlichen Gründen wie alternde Stars und homosexuelle Produzenten «eine Zukunft beim Film» versprachen, allerdings auch tatsächlich Tagesjobs vermittelten. So bekam Jimmy zum erstenmal Arbeit bei «richtigen» großen Kinoproduktionen, die in den Studios und auf dem Freigelände der führenden Filmfirmen hergestellt wurden. Er spielte einen Soldaten in der Twentieth Century Fox-Produktion *‹Fixed Bayonets›* (eine Zeile zum Aufsagen); einen stillen, säuerlich dreinschauenden Matrosen in einer Paramount-Komödie mit Dean Martin und Jerry Lewis *‹Sailor Beware›*; und einen jungen Mann, der einen ganzen Eisladen leer essen will und sich mit seiner Bestellung am Tresen lümmelt – der Film war von Douglas Sirk (deutscher Name: Detlef Sierck), er hieß *‹Has Anybody Seen my Gal?›* und lief vor einiger Zeit im Nachmittagsprogramm des Deutschen Fernsehens. Ich hatte nichts von Jimmys Mitwirkung gewußt und sprang aufgeregt hoch, als ich diesen Statisten sah und sofort erkannte.
Diese neue Arbeit mußte Jimmy mit jemandem besprechen – er suchte wieder den Kontakt zu Bill Bast, und die beiden Freunde versöhnten sich. Auch die Beziehung mit Beverly Wills war zu Ende – Jimmy hing das Spiel mit den Verabredungen zum Hals heraus. Anläßlich einer Tanzveranstaltung, bei der Jimmy als tanzunlustiger Liebhaber nur zuschaute, riß ihm nach Stunden der Geduldsfaden, und er rief der tanzbegeisterten Beverly zu, sie solle ihren Doofkopf mit ein paar weiteren Pirouetten abtanzen – so wie man einen Korken aus der Flasche dreht.
Neben den kleinen Kinorollen war Jimmy immer häufiger bei der CBS in Hörspielen untergekommen. Ein junger Hörspielregisseur und -produzent, Rogers Brackett, förderte ihn. Er wurde auch zu einem neuen Anreger für Jimmys intellektuellen Appetit, der nach der Trennung von Bill Bast vorübergehend in Cowboystiefeln beerdigt worden war. Jimmy begann sich für Jean Cocteau und Colette zu interessieren. Brackett machte Jimmy klar, daß Kenntnisse über den geschichtlichen und kulturellen Hintergrund das Verständnis für Autoren und Dichter vertiefen halfen und somit auch seiner

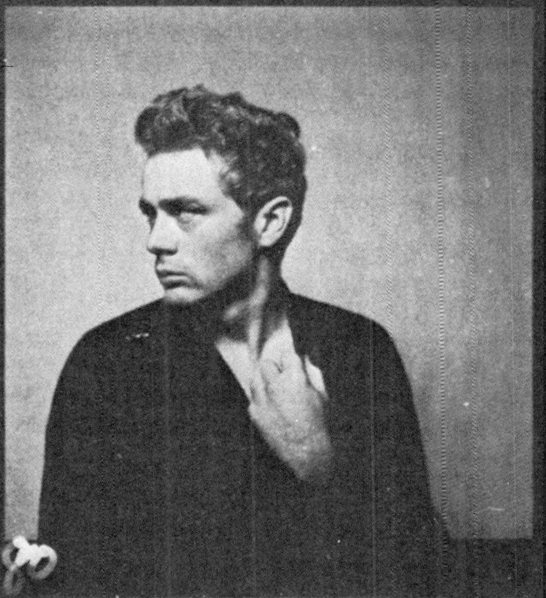

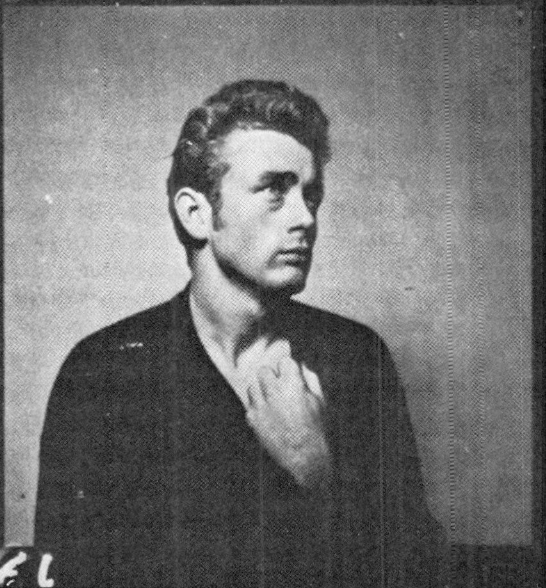

Arbeit zugute kommen würden. Jimmy, darin vampirhaft wie immer, sog Informationen, aber auch gewisse Attitüden der Intellektuellen begierig auf und verwandelte sie seiner allgemeinen Selbstpräsentation an, die Bill in jener Zeit «ein bißchen blasiert» vorkam. Verstärkt wurde dieser Eindruck in dem Moment, als – nach der Rückkehr von Averys Frau – Jimmy aus dem Apartment auszog und bei Rogers Brackett am Sunset Plaza unterkam. Schon bald war er fester Bestandteil der ständigen Nachmittags-Treffen am Schwimmbad oder der abendlichen Cocktail-Parties, auf denen gehässig und gnadenlos Klatsch über Hollywood-Prominente ausgetauscht wurde. Bill Bast: «Er spielte eine sehr schwierige Rolle: einerseits die des kritischen Zuschauers und andererseits die des Mitspielers in einem sehr verwickelten und schlechten, aber sehr wichtigen Stück. Aber er spielte sie gut.»
Wie schlecht dieses Stück tatsächlich war, fand auch Jimmy bald heraus. Er sagte zu Bill Bast über diese Leute: «Mit all ihrer Macht und ihrem Reichtum haben sie sich in den Kopf gesetzt, daß sie Götter seien. Diese Stadt ist voll von ihnen. Sie holen sich diese armen Teufel, einen ehrgeizigen Menschen wie mich, und lassen ihn nach ihrer Flöte tanzen . . . Auch ich habe den gleichen Tanz aufgeführt. Ich war dumm, glaubte, es würde sich vielleicht bezahlt machen. Aber man braucht nicht lange, um herauszufinden, daß es sich nicht lohnt. Ich tue das für keinen von ihnen mehr.»
Jimmy hatte eine Zeit hinter sich, die ihm deutlich vor Augen führte, daß man sich irgendwann einmal für die Würde des intakten Überlebens oder die zeitlebens geduckte Haltung würde entscheiden müssen – gleichgültig, ob man nun als Schauspieler, Büroangestellter oder Handarbeiter in einer Fabrik tätig ist. Diese Entscheidung war nun fällig – und Jimmy entschied sich für sich. Er wollte Los Angeles verlassen – nach New York, wo Strasberg und Kazan das *Actors Studio* unterhielten und möglicherweise das Theater eine Aufgabe für Jimmy bereithielt. Die Entscheidung war spontan – und sie wurde getroffen trotz der Freunde und relativen Sicherheit in Los Angeles, trotz Bill Bast und James Whitmore. Rogers Brakkett gab Jimmy eine Empfehlung mit auf den Weg.

Der Sunset Boulevard in Hollywood: Hier und in den angrenzenden Straßen, dem Hollywood Boulevard und der Selma Avenue, flanierten in den dreißiger Jahren die Filmstars. Heute bröckelt der Putz von den Häuserwänden, sind Fußgänger vor Taschendieben nicht mehr sicher, blüht das Geschäft mit Sex.

Eines Abends fand Bill Bast in seinem Apartment-Hotel eine Telefonnachricht vor: «Mr. Dean hat angerufen. Nach New York gefahren.» New York, wo – das wußten alle – der Überlebenskampf gnadenlos tobt. Bill Bast ließ sich auf sein Bett fallen; Jimmy hatte Angst, das wußte er. Er würde in diese Stadt einziehen wie in einen dunklen Wald aus Betonsäulen – und sehr laut singen.

HOTEL
BAR
BEER ON TAP
RESTAURANT
ARENA BAR
TENDER STEAK
SANDWICH
65¢
TOW-AWAY ZONE
NO STANDING
BUS STOP

New York

Es war Herbst 1951. Zweimal unterbrach Jimmy die mehrtägige Busreise über den amerikanischen Kontinent – von West nach Ost. In Chicago besuchte er Rogers Brackett, und in Fairmount kroch er kurz bei Onkel Marcus und Tante Ortense unter. Pastor de Weerd lieh ihm 200 Dollar. Dann kam Jimmy in New York an – der 20jährige, einsame Junge gegen Millionen anonymer Menschen. «Die ersten paar Wochen war ich so durcheinander, daß ich mich immer nur einige Häuserblocks von meinem Hotel am Times Square aufhielt. Drei Filme habe ich am Tag gesehen, um meiner Einsamkeit und Niedergeschlagenheit zu entkommen. Das meiste von meinen wenigen Rücklagen habe ich für Kinobesuche ausgegeben . . .» Eine neue Erfahrung der Einsamkeit für Jimmy: Hier war er völlig isoliert, keiner kannte ihn; er hatte noch nicht einmal die Wahl, sich von anderen abzusetzen und Einsamkeit bewußt einzugehen.

Herbst 1951
Ankunft in New York

Nur sehr langsam vollzog sich der Prozeß der Anpassung an diese Situation. Jimmy war passiv, ließ alles auf sich einstürmen. Erst als das Geld völlig zur Neige ging und er einfach arbeiten *mußte*, begann sein *Leben* in der Stadt. Er mußte sich aktiv mit ihr auseinandersetzen, wenn er als Schaffner oder Kassierer arbeiten wollte.

Sobald der junge Mann abends in die Jugendherberge (YMCA) zurückkehrte, setzte eine nach und nach lustvolle Verarbeitung städtischer Hektik und gleichzeitiger Melancholie ein. Jimmy mußte sich irgendwann dazu durchgerungen haben, die Stadt als sein Material gewordenes inneres Ebenbild zu sehen: Häuserschluchten, Darmwindungen, monströse Organe, vollgestopfter Kopf. Einer seiner beständigsten Freundinnen, der Schauspielerin Barbara Glenn, schrieb er später:

«In der Nachdenklichkeit der Nacht tätowieren die billigen, monoton schrillen, symbolischen, sinnlich-rhythmischen, suggestiven Trommeln orgiastische Bilder in mein Gehirn. Der Geruch von Gin und 90-Cent-Bier vermischt sich mit der manchmal geheimnisvoll langsamen, manchmal arbeitenden Ruhe, manchmal ohne Bewegung, manchmal schmerzhaft heftig, bis zum lang Erwarteten: Sprünge und gekrümmte Bewegungen, die den mittlerweile dickflüssigen Kaugummінebel mit Schweißparfüm auffüllen – die Gäste sind voller kaum verborgener Freude. Die verdammte 7-Tage-in-der-Woche-bestialische-Jungfrau verbeugt sich mit dem Gleichgewicht einer betrunkenen Pawlowa . . . Die Aura von Schrecken. Ich leb darüber und darunter. Jetzt ist es halb sieben, Montag morgen und wenn ich nur wünschen könnte; das Zeichenbord auf meiner linken, zweites von unten, ist voll von nicht ganz so subtilen Umsetzungen des Fantasievollen. Fotos und Zeichnungen. Ich hab mir dies nicht gewünscht; ich hab's nicht gesucht; es ist da. Es ist meine ‹*Göttliche Komödie*›. Der Dante der 52. Straße. Es gibt keinen Frieden in der Welt. Ich liebe Dich.
Ich hätte lieber über nettere Sachen geschrieben oder was erfunden, aber wir sollten doch eigentlich die Wirklichkeit nicht umschreiben? Was ich Dir hier gerade geschrieben hab, ist die Wahrheit. Darüber kann man nur sehr schwer schreiben. Ich bin einsam. Vergib mir. Ich bin einsam.»

Das Fernsehen jener Zeit in Amerika steckte noch in den Kinderschuhen, war aber deshalb nicht weniger bedrohlich für das Kino. In Hollywood hatte man sich für den Konkurrenzkampf zuerst einmal auf die Schauwerte besonnen und das neue Breitwand-Verfahren (*Cinemascope*) dem kleinen, flimmernden Bildschirm entgegengesetzt. Bibelverfilmungen wie ‹*Das Gewand*› sollten das Publikum davon abhalten, vor den Fernsehgeräten in die tiefen Sessel zu sinken und so schnell nicht wieder aufzustehen. Tatsächlich aber passierte in dem kommerziellen Fernsehen etwas, was auch das Fernsehen in der Bundesrepublik ab 1953 kennzeichnete: Die Unbedarftheit und Experimentierfreude von zusammengewürfelten

Mannschaften erzeugten eine Spontaneität, Frische und Direktheit, die dem schwerfälligen und perfektionistischen Hollywood-Kino scheinbar abging. Beim Fernsehen wurde wieder improvisiert und ständig neue Gesichter ausprobiert. Es wurden Themen angepackt, für die das Kino sich nicht interessierte. New York war das Zentrum dieser Aktivitäten. Hier hatten sich die Fernsehgesellschaften niedergelassen und ihr Reservoir an künstlerischen Mitarbeitern nicht aus Hollywood, sondern vom Broadway bezogen.

Herbst 1951
Erste Kontakte zum Fernsehen

Allerdings war Jimmys erste Arbeit im Fernsehstudio eher merkwürdig: Er wurde in Testveranstaltungen für ein Quiz eingesetzt, das *‹Sei schneller als die Uhr!›* hieß. An Jimmy wurden die Quizaufgaben ausprobiert – neben ihm waren noch andere junge Schauspieler und Schauspielerinnen damit befaßt, unter anderem Warren Oates, der später einer der populärsten Westerndarsteller von Samuel Peckinpah wurde.

Diesen Job hatte Jimmy von Jane Deacy vermittelt bekommen, die als Assistentin bei der Louis-Schurr-Künstler-Agentur arbeitete und der Jimmy – obwohl die Kollegen ihr abrieten – gefallen hatte. Sie setzte sich für dieses völlig unbekannte Talent mit aller Kraft ein – in jeder Beziehung eine «Mutterfigur», die später mit Geschick Jimmy Rollen empfahl oder ihm davon abriet und so seine Karriere plante. Nach Jimmys Tod schwor sie, niemals über die Zeit mit ihrem Schützling zu sprechen. Diesen Schwur hat sie bis heute gehalten. Deshalb kann man auch nur über ihren tatsächlichen Einfluß spekulieren. In der Zeit, als Jimmy für die Proben der Quiz-Sendung arbeitete, mußte sie ihn oft genug beruhigen und ihn zu geduldigem Ausharren bewegen. Sie war sicher, daß bald die richtigen Rollen kommen würden.

Jimmy vergrößerte langsam den Kreis New Yorker Bekannter, die meist Fernsehautoren, Schauspieler, Komponisten und Texter aus dem Umfeld von Rogers Brackett waren. Die Einsamkeit begann zu schwinden. New York wurde zu einer großen Lehranstalt für Jimmy Dean. Ähnlich wie er bereits in Los Angeles angefangen hatte, Menschen in seiner Umgebung auf besondere Eigenarten, Gesten und Stilisierungen hin abzuklopfen, erweiterte er auch in New York sein Repertoire beständig: Er beobachtete die Leute in den Kneipen, in den Drugstores, auf der Straße. Körperausdrücke und -bilder wurden zu Kostümen, in die er schlüpfen konnte.

Im Winter 1951/52 spielte er kleine Rollen in Hörspielen und Fernsehspielen. Die meisten Produktionen wurden «live» gesendet. Die Angebote nahmen ab, als sich herumsprach, Dean sei ein «schwieriger» Schauspieler. Er legte sich mit den Regisseuren an, die ihrerseits in möglichst kurzer Zeit – ohne große Proben – die Arbeit abwickeln wollten. Jimmy war eben kein Schauspieler, der sich mit dem damals noch verbreiteten Leitbild des «Profis» in Einklang bringen ließ. Er konnte nicht mit Schlips und Kragen im Studio ankommen und mit dem Wechsel des Kostüms auch die Haltung einer Menschenmaschine annehmen: War ich vorher in dieser Stimmung, bin ich jetzt in einer anderen. Und wenn der Regisseur die Szene mehrfach wiederholt haben will, dann wird es eben so oft runtergespielt wie möglich. Stimmungen können beliebig oft produziert werden – wenn's einen technischen Defekt gibt, wird die ganze Geschichte wiederholt. In einem solchen Arbeitsklima war Jimmy wie ein Sprengsatz: Er kam ungepflegt, unrasiert und mit finsterem Gesichtsausdruck an – pellte sich aus seinem Regenmantel, zupfte sein unvermeidliches T-shirt zurecht und setzte sich mit den schmuddligen Blue Jeans irgendwohin auf den Boden. Waren die Schuhe bei einem Regenguß durchgeweicht, dann wurden sie eben ausgezogen. Soviel Unangepaßtheit ließ sich nicht kalkulieren; also wurde der junge Mann weiterhin aus den Listen gestrichen.

Jimmy hatte mittlerweile die Jugendherberge verlassen und war in das Apartment einer jungen Tänzerin, Elizabeth («Dizzy») Sheridan, gezogen. Die beiden alleinstehenden jungen Leute hatten sich zu einer freundlichen und – wie Bekannte in Erinnerung an jene Zeit meinen – «anspruchslosen» Beziehung zusammengetan. Obwohl Dizzy sich ihren Lebensunterhalt als Platzanweiserin in einem Kino verdiente, reichte das Geld schließlich nicht mehr, und beide mußten die Wohnung verlassen.

Im Sommer 1952 zog Jimmy vorübergehend zu einem Fernsehregisseur, der mit Rogers Brackett befreundet war und der ihn auch mit der Schurr-Agentur zusammengeführt hatte. Jimmy fühlte sich in der Beziehung nicht so wohl, und er schrieb mehrfach an seinen alten Freund Bill Bast nach Kalifornien. Bill, so meinte er, müsse nur nach New York kommen, um endlich den großen Erfolg als Autor einzuheimsen, der ihm in Los Angeles versagt bliebe. Jimmy schilderte die Stadt in so aufregenden Farben, daß Bill nicht länger zögern mochte. Erst als er in New York ankam, bemerkte er, daß alles ein wenig anders war. «Als ich nach New York kam, lebte er unter sehr unerfreulichen Bedingungen, und ich hab ihn da rausgeholt. Ich hab ihn zwar nicht direkt gerettet; aber er benutzte mich als Entschuldigung abzuhauen. An diesem gleichen Tag – meinem ersten Tag in New York – sind wir losgezogen und haben einen Platz fürs Zusammenleben gefunden.»

Sommer 1952
Bill Bast kommt nach New York

Es war ein Hotel für Dauergäste, die vor allem aus dem Schaugeschäft kamen. Die erste Woche in New York erschien Bill Bast eigenartig: Jimmy nahm sich seiner mit großer Begeisterung an und führte ihn zu allen Schauplätzen kulturellen Lebens, zeigte ihm das Nachtleben, war plötzlich derjenige, von dem Bill Bast etwas lernen konnte. «Es war nicht mehr Jimmy, der sich an mich um Antworten wandte, wie es anfangs der Fall gewesen war. Jetzt folgte ich Jimmys Führung, und das behagte mir nicht.»
Nach und nach entdeckte Bill Bast, wie sehr Jimmy die Technik perfektioniert hatte, aus dem Kreis anregender Menschen alles herauszudestillieren und zu lernen, was seiner eigenen Entwicklung möglicherweise würde förderlich sein können. «Die wichtigste Seite seines neuen Freundeskreises bestand darin, daß die Denkweise all dieser Leute neu und anregend für Jimmy war. Ihre persönlichen Anschauungen deckten sich mit Jimmys heimlich gehegten Idealen. Sie hatten das eine gemeinsam, daß sie unabhängig voneinander eine idealistische Grundlage für das Leben in dieser Welt gefunden hatten, eine Grundlage für menschliche Beziehungen, die Jimmys Hoffnung auf ein besseres Leben wieder erwachen ließ.»
Symbolfigur für diese Einstellung war Antoine de Saint-Exupérys ‹*Der kleine Prinz*›, dessen Menschenfreundlichkeit, Warmherzig-

keit und Einfachheit Jimmy tief beeindruckte. Ihn kennen heißt so ernsthaft an ihn glauben, daß er wirklich wird. Ein Textschreiber für Songs hatte Jimmy das Buch gegeben, er liebte es und gab es jetzt an Bill weiter. Ihr gemeinsames Lebensmotto kann man in dem Buch nachlesen: Was wesentlich ist, ist unsichtbar fürs Auge.
Binnen kurzem tauchten wieder die gleichen Finanzprobleme wie in Los Angeles auf. Schließlich taten sich Bill, Jimmy und die Tänzerin Dizzy zusammen und mieteten ein gemeinsames Apartment, das sie notdürftig mit ausgedienten Möbeln und Matratzen auslegten. Waren sie hungrig, spielten sie sich einfach gegenseitig etwas vor: der Autor, der Schauspieler und die Tänzerin.

Actors Studio

Jimmys Agentin Jane Deacy erinnerte Jimmy an seine ursprüngliche Absicht, sich irgendwann im *Actors Studio* zu bewerben. Jimmy hatte sich bislang nicht weiter bemüht, weil er von den strengen Aufnahmeprüfungen gehört hatte und – bei seinem noch nicht sonderlich gefestigten Selbstbewußtsein – einen Einbruch vermeiden wollte. Als er allerdings im Frühjahr 1952 im Büro seiner Agentin eine junge Schauspielerin traf, die gerade eine Szene für das Probe-Vorspielen im Studio schrieb und übte, packte ihn die Lust aufs neue. Er flachste mit Christine White – so hieß das Mädchen – herum und entwickelte dann mit ihr eine Szene weiter, die sich die junge Schauspielerin ausgedacht hatte: der Strand einer Insel, kurz vor einem Sturm. Das Mädchen flieht vor seinen Eltern und gerät an einen Herumtreiber, der sich am Strand aufhält. Die beiden reden über ihre Verlorenheit, dann gehen sie auseinander.
Dieser Dialog über die Einsamkeit zweier Menschen wurde fünf Wochen zu allen möglichen und unmöglichen Zeiten ausprobiert: in der Kneipe, auf der Straße, bei Freunden. Jimmy und Christine White fanden die Szene in dem Moment gelungen, da Leute um sie herum ihre Sprüche für den Teil eines heftigen Streits zwischen einem Liebespaar hielten.

Jimmy war sehr nervös, als er mit Christine auf die Probebühne des *Actors Studios* trat. Die beiden hatten ein paar Dosen Bier als notwendige Requisiten in das Stück reingeschrieben. «Das beruhigt!» Sie rollten sich auf das Podium, Jimmy verlor dabei seine Brille, war blind wie eine Fledermaus. Sie improvisierten ein wenig, fünf Minuten Spannung. Von den 150 Bewerbern kamen Jimmy und Christine White in die Endausscheidung unter 12 Bewerbern der «engeren Wahl». Schließlich wurden nur die beiden aufgenommen.

Anfang 1952
Aufnahme in das *Actors Studio*

Das *Actors Studio* war 1947 von Elia Kazan und Cheryl Crawford gegründet worden. Kazan wollte die Aktivitäten des sogenannten *Group Theater* Anfang der dreißiger Jahre wiederbeleben – einer Gruppe, die sich an russischen Vorbildern orientierte und im Zuge kommunistischen Engagements eine realistische Darstellung des Alltags forderte. Die realistische Spielweise wurde als ein Kampf gegen das hohle Pathos des bürgerlichen Theaters und gegen die falschen Töne begriffen. Die Poesie, so sagten die Vertreter dieses Konzepts, allen voran Elia Kazan, ist in den «normalsten» Vorgängen des Alltags und im Leben der «einfachen» Leute zu finden. Kazan, der Anfang der vierziger Jahre zu einem renommierten Hollywood-Filmregisseur und Theaterregisseur wurde, überließ das Actors Studio weitgehend seinen Mitstreitern und Kollegen, dem Schauspielerehepaar Lee und Molly Strasberg. In den fünfziger Jahren wurde aus dem Studio eine Art Tempel, in dem Brando und Clift die Götter und Tennessee Williams, Arthur Miller und Clifford Odets die Stückeschreiber waren.
Lee Strasberg meinte später, so eindrucksvoll wie bei dem Vorspielen habe er Jimmy Dean später nie wieder gesehen. Jimmy war angeblich das jüngste Mitglied des Studios. Stolz schrieb der 21jährige an Onkel Marcus und Tante Ortense:

«... Ich habe große Fortschritte in meiner Kunst gemacht. Ich bin sehr stolz, mitteilen zu können, daß ich Mitglied des *Actors Studio* bin. Der größten Theaterschule. Ihm gehören große Leute an wie Marlon Brando, Julie Harris, Arthur Kennedy, Elia Kazan, Mildred

Dunnock, Kevin McCarthy, Monty Clift, June Havoc und so weiter und so fort. Nur sehr wenige werden als Mitglieder aufgenommen, und es ist vollkommen kostenlos. Es ist das Beste, was einem Schauspieler geschehen kann . . . Wenn ich so weitermachen kann und nichts meinen Fortschritt behindert, bin ich vielleicht eines Tages in der Lage, etwas für die Welt zu bedeuten . . .»

Es ist nicht sicher, wie lange und wie oft Jimmy an dem Unterricht der Strasberg-Schule teilnahm. Nach seinem Tode wurde Jimmys Spiel mit dem «method acting» gleichgesetzt: neurotisch-nervöses Spiel, genuschelte Sprache, schlampige Kleidung. Elia Kazan hat sich heftig dagegen gewehrt und gemeint, Jimmy habe selten praktisch mitgearbeitet. Lee Strasberg hingegen führte Jimmys unregelmäßigen Besuch darauf zurück, daß er noch nebenbei Geld für seinen Lebensunterhalt verdienen mußte. Feststeht, daß Jimmy – ähnlich wie Marlon Brando, Montgomery Clift und auch Marilyn Monroe – bei Strasberg nur das Rüstzeug und die Techniken übernahm und alles andere den eigenen Bedürfnissen und Fähigkeiten anpaßte.

Wie man bei Bill Bast nachlesen kann, konnte Jimmy die strenge Kritik nicht ertragen, die Strasberg jedem seiner Schüler zuteil werden ließ. Vorspielen hieß: die Aufführung einer Szene vor allen anwesenden Schülern und die anschließende minuziöse Demontage des Gesehenen. Die Analyse war Jimmys Tod – er verließ das Studio, weil er den Eindruck hatte, in allem richtig gearbeitet zu haben. Bill Bast: «Strasberg hatte kein gutes Haar an ihm gelassen, war über seine seelischen Empfindungen hergefallen und hatte sich zu tief in ihn gebohrt, so daß er es ihm unmöglich machte, sich wieder zusammenzukleistern. Das Erlebnis hatte ihn völlig aus der Fassung gebracht.

‹Ich weiß nicht, was in mir ist›, wütete er. ‹Ich weiß nicht, was auf der Bühne innerlich in mir vorgeht. Aber wenn ich mich zerlegen lasse wie ein Kaninchen in einem klinischen Forschungslaboratorium, dann könnte es sein, daß ich nie wieder imstande wäre, etwas darzustellen. Sie könnten mich unfruchtbar machen. Dieser

Mann hatte kein Recht, mich so zu vernichten. Einem Menschen, den man so tief verletzt, nimmt man den Mut. Und was ist ein Schauspieler ohne Mut?›»

Leben und Spielen mit einer Verletzung

Elia Kazan machte sich Jimmys instinktive Spielweise später zunutze. Ihr Motor, so sagte er mir im März 1977, sei eine «Verletzung». «Künstlerische Begabung gründet sich in einer Verletzung. Mit der Begabung verbergen und schützen Schauspieler ihre Verletzung. Es ist wie eine Wunde, die von einer Narbe geschützt wird. Die Begabung bedeutet: Ich schlage damit zurück. Ich beschütze mich damit. Ich bin einmal verletzt worden, deshalb nimm dich in acht. Ich kann dich schlagen. Ich kann dich anbrüllen. Ich bin gefährlich. Eine wirkliche Begabung ist gefährlich, denn es können Worte fallen, die alles durcheinander bringen.»
Die «Verletzung», von der Elia Kazan spricht, kann bei James Dean im nachhinein eingekreist werden. Es sind Verletzungen, die tief in seiner Kindheit wurzeln und die – so fand Jimmy offenkundig – keiner mit irgendeinem Recht freilegen durfte. Er wußte um dieses Geheimnis – gleichermaßen Gefährdung und Quelle der Kraft, aus der er seine Phantasien und Ängste schöpfte.
Neugierig unternahm er Expeditionen in die Wirklichkeit, bei denen er die Geheimnisse anderer Menschen ausforschen wollte. Der Verletzte unter Verletzten. Bill Bast: «Oft verbrachte er (Jimmy) die Abendstunden damit, beim Kaffee in irgendeiner Theaterkneipe mit Schauspielern zu plaudern. Er bummelte durch die Straßen und sprach mit den Leuten, mit jedem, der interessant aussah. Er schloß Bekanntschaft mit Moondog, dem Blinden in Phantasietracht, der durch die Straßen New Yorks zieht und auf trockenen Knochen und seltsamen Instrumenten Musik macht. Er unterhielt sich des langen und breiten mit Taxichauffeuren, Kellnerinnen, Schuhputzern, Inhabern von Zeitungskiosken, Eckenstehern, Intellektuellen aus den Kellerlokalen von Greenwich Village, Kunstbegeisterten im

Museum Moderner Kunst, Entarteten aller Schattierungen, Berufs- und Amateurfotografen und überhaupt mit jedem, der bereit war, Nachsicht gegen ihn zu üben und seinen aufnahmehungrigen Geist zu nähren. So zog er in New York von Straße zu Straße, forschte jeden erreichbaren Menschen nach seiner Lebenserfahrung aus, lernte und nahm in sich alles auf, was er vom Leben und seinem Geheimnis wissen mußte.»

Jimmy machte etwas, was im Grunde jeder von uns kann, wenn nicht die Erziehung und die Schule und überhaupt die Umwelt alle Neugier aus uns rausgedrückt hat. Jimmy spielte jeden Tag Entdekker: Er war eine lebendige Kamera, die ständig aufzeichnete, was um sie herum passierte, und bei der sorgsamen Entwicklung des Materials aussortierte, was neu war, und beiseiteschob, was sie bereits registriert hatte. Forscher im Alltag und in der Wirklichkeit – voller Neugier, immer bereit, andere Erfahrungen zu machen. Natürlich vertrug sich diese Lebensweise nicht mit der Auffassung von dem, was «die Leute» für «normal» halten und was «man» so tut. Wer sich in diese vorgefertigten Lebensstanzen pressen läßt, verliert schon bald die Aufmerksamkeit für die Unverwechselbarkeit des Augenblicks und die ganz besonderen Eigenarten aller Menschen. Sein Preis ist zwar, oft scheel angesehen zu werden und als Außenseiter mit Schmutz beworfen zu werden – darin ist er jedoch nur Opfer jener ungestillten Sehnsüchte, die die «normalen» Menschen bösetrauernd von ihm vorgeführt sehen. Das können sie sich und dem Außenseiter nicht erlauben – ein anderes Weltbild, eine andere Liebe, eine andere Sexualität, ein anderes Aussehen. Jemand muß gar kein «Künstler» sein, um «aus der Rolle zu fallen» – «Künstler» haben es meist noch am leichtesten, weil ihre Extravaganzen sozusagen «ins Bild gehören». Viel problematischer wird es beim Lehrling, der sich gegen seinen Meister zur Wehr setzt; bei der Frau, über die die Nachbarn herziehen, weil sie sich nicht so verhält, wie Frauen «das eben so tun»; beim Behinderten, dessen Verstümmelungen die «Normalgebauten» mit ekelndem Unverständnis quittieren.

Jimmy schlug sich instinktiv auf die Seite der Beschädigten, weil sie gleichermaßen seine tausend Vorbilder und sein Gefolge waren.

Jimmy in New York. «Jeden Tag stürzte er sich auf die Welt – wie ein hungerndes Tier, das plötzlich was zum Fressen findet.» (Regisseur Nicholas Ray)

Später in seinen Filmen führte er vor, was er in den Straßen von New York, den kaputten Kneipen und Bars gelernt hatte. Er führte seinem jugendlichen Publikum Tätowierungen dieser Gesellschaft vor, die als Unruhemomente zurückgebracht wurden in die wohlbehüteten Elternhäuser und abgeriegelten Schulgebäude.
Er war der erste Detektiv der neuen Jugendkultur, und er verarbeitete alle Informationen gründlich: subversiv Wissen aneignen, im geeigneten Moment damit umgehen. Bill Bast bezeichnete Jimmy Dean als glänzenden Bluffer (Schauspieler), der Menschen korrekt einschätzte, an ihre Eitelkeit appellierte und deshalb in Unterhaltungen mit Fachleuten keine Fehler beging, weil er in der Hauptsache sein Gegenüber reden ließ.

Sommer 1952: Jimmy plante einen neuen Anlauf für den Broadway. Er ließ sich als Matrose auf der Jacht des Broadway-Produzenten Lemuel Ayers anheuern, obwohl er vom Skippern keine Ahnung hatte. Ihm war nur bekannt, daß Ayers ein Stück von Richard N. Nash inszenieren wollte, über das in den einschlägigen Broadway-Kneipen schon gemunkelt wurde: ein Hit! *See the Jaguar* hieß es, und die Agentin Jane Deacy und Rogers Brackett unterstützten das Komplott. Familie Ayers mochte Jimmy – und während der zehntägigen Kreuzfahrt war es keine besondere Enthüllung mehr, daß sie statt eines hochseetüchtigen Matrosen einen jungen Schauspieler an Bord hatten. Lemuel Ayers sagte Jimmy eine Gelegenheit zum Vorspielen zu. Warten.
Mittlerweile war das Geld mal wieder völlig alle – und das Trio Jimmy, Bill und Dizzy zog nun in ein kahles Apartment in einem alten Backsteinhaus. Drei Personen, ungemütlich, kalt, zur Belustigung hin und wieder «Stierkämpfe» mit Jimmys Mantilla und Stierhörnern, die sich die Freunde abwechselnd an die Stirn drückten. Die Stimmung sank auf den Nullpunkt. Jimmy hatte genug von allem. Nach einem Jahr New York wollte er aussteigen. Er überredete Bill und Dizzy, mit ihm gemeinsam per Anhalter nach Fairmount zu fahren – auf die Farm zu Marcus und Ortense Winslow. Dort erreichte ihn ein Telegramm von Jane Deacy. Lemuel Ayers hatte das Vorsprechen für ‹*See the Jaguar*› angesetzt.
Zurück nach New York, mit neuen Hoffnungen.

Theater

Niemand hatte etwas von der Kreuzfahrt mit der Jacht gewußt; auch die Verbindung mit Lem Ayers war nicht klar. Jimmy hatte «das Geheimnis» zum Teil seiner Verkleidung gemacht. Mehr und mehr behielt er Ideen, Phantasien und Träume für sich – fütterte sie zurück in das Reservoir seiner Kräfte. Dieser Schutzzaun um seine Seele wurde von vielen Leuten mißverstanden; sie mochten nicht begreifen, daß Jimmy seine Energien zusammenhielt. Auch Bill

Bast erzählte später, daß er es erst mit der Zeit gelernt habe, mit Jimmy nicht direkt über private Angelegenheiten zu diskutieren. «Jimmy schützte sich selbst ... und probierte ständig, ob er dir auch wirklich trauen konnte.»

Der Abend fürs Vorsprechen in *‹See the Jaguar›* kam, und Jimmy war fürchterlich nervös. Er raste im Apartment hin und her und suchte – unorganisiert – sein Zeug zusammen. Als er noch nicht einmal ein sauberes Hemd fand, warf er sich stöhnend auf den Boden. Kühl schlug ihm Dizzy Sheridan vor, er solle doch nackt gehen – dann würde er wenigstens allen Leuten auffallen. Tatsächlich gefiel Jimmy dem Autor des Stückes, Richard N. Nash, und er lud ihn zu einer zweiten Leseprobe, diesmal in Anwesenheit des Regisseurs. Der Regisseur Michael Gordon war bereits verzweifelt, denn er hatte seit Wochen über hundert Schauspieler für den Hauptpart des 16jährigen Jungen getestet. Gordon war von Jimmy fasziniert: Er gab ihm die Rolle – eine *Hauptrolle* in einem Broadway-Stück! Bill und Dizzy, die Jimmy nach der zweiten Leseprobe vor dem Theater erwarteten, sahen ihn – und sie wußten, daß es endlich geklappt hatte. Sie standen alle drei an der Straßenecke – sprachlos. Und plötzlich lachten und weinten sie, «wie drei verrückte, dankbare kleine Kinder» (Bill Bast). *‹See the Jaguar›*!

Herbst 1952
Hauptrolle in dem Broadway-Stück *‹See the Jaguar›*

Jimmy spielte die Rolle von Wally Wilkins – einem Jungen, den die Mutter in einen Käfig gesperrt hat, um ihn vor den Gefährdungen seiner Umwelt zu bewahren. Kurz vor dem Tod seiner Mutter wird der Junge freigelassen. Wie eine Art Kaspar Hauser wandert der «neugeborene» 16jährige durch die Kleinstadt und hat Schwierigkeiten mit allen Menschen.

Wally Wilkins ist eine Figur, die dem *‹Fänger im Roggen›* und dem «Rebellen» Jim Stark in *‹Denn sie wissen nicht was sie tun›* vergleichbar ist: die Infragestellung aller herkömmlichen Lebensweisen in Gestalt einer naiven Teenagerfigur. Jimmy Deans eigene Geschichte – die Beziehung zur Mutter, die Isolation auf dem Lande – wies zu viele Parallelen zu dem Grundeinfall des Stückes auf, als daß er nicht mit Intuition und Einfühlung die Hauptfigur hätte lebendig machen können. Er war, wie der Dean-Biograph David

Dalton schreibt, «eine Art ländliches Dornröschen, das aufwacht und sich in Zeit und Ort nicht mehr zurechtfindet. Es ist jenes Gefühl, das den meisten Teenagern Anfang der fünfziger Jahre vertraut war». Ein Zeitgenosse erinnert sich: «Damals konnte man nirgendwohin. Du hattest keine Drogen. Du konntest zwar saufen, aber das haute nicht immer hin. Manchmal bist du einfach durchgedreht, weil du nicht schlafengehen wolltest. Wer wollte sich schon schlafen legen? Du hattest ja schon 18 Jahre geschlafen, weil du darauf gewartet hast, endlich aus'm Haus raus zu können. Also wolltest du *aufwachen*, Sachen *aussprechen*, die ganze Nacht *aufbleiben*, viel ficken.»
Jimmy war überglücklich. Vergessen war die unzulängliche Arbeit in den Fernsehstudios, vergessen die Mittelmäßigkeit der Schauspieler und Regie. Jimmy durfte neben einem berühmten Actors-Studio-Schauspieler auftreten: Arthur Kennedy. Jeden Abend führte Jimmy seinen Freunden die Ergebnisse des Tages vor: Welche Szenen sie geprobt hatten und wie einfühlsam der Regisseur, seiner Meinung nach das alles umsetzte. Problematisch wurde es erst, als die gesamte Bühnenmannschaft aufs Land zog, um in kleineren Städten Versuchs-Aufführungen zu starten. Jede größere Broadway-Bühnenproduktion wurde gewöhnlich vor einem unvorbereiteten Publikum ausprobiert und danach «repariert» und auf publikumsfeindliche Momente hin durchgearbeitet. Als während der Endproben Jimmy einen Bühnenarbeiter mit einem neuerworbenen Klappmesser bedrohte (er fühlte sich von ihm gestört) und gerade noch von Arthur Kennedy am Zustoßen gehindert werden konnte, wurde klar, wie weit Jimmys Identifikation mit Rollen gehen konnte.
Im nachhinein hieß es allerdings, dieses sei nur eine Form von Jimmys Probe-Spielen gewesen: Er versuche immer wieder, sich selbst und seine Charaktere bis an die äußerste Grenze – die sich dann selbst aufhebt – zu stoßen. Dabei verwische sich, ob Jimmy nervös mit sich selbst umgehe und Spannungen entlädt oder – kühl und kalkuliert – einen Rollenaspekt (in diesem Fall der «freigesetzte» 16jährige *Jaguar*) herauskehre. Dennis Hopper erklärte er

Arthur Kennedy mit J. Dean als Wally Wilkins in ‹See the Jaguar›.

dieses Verfahren später so: «Wenn du herausfindest, daß in der Rolle noch etwas drinliegt, und du weißt nicht, was es ist, dann mußt du dahinterher sein. Geh auf das Drahtseil. Wenn das Seil fest ist, muß es dich ja irgendwo hinführen.»
Am 3. Dezember 1952 war Premiere von ‹*See the Jaguar*› im Cort Theater in New York. Das Publikum applaudierte, und bei der Premierenfeier ließ sich Jimmy selig von Tisch zu Tisch reichen. Er hatte – für ihn ungewohnt – extra einen Anzug angezogen. Bill Bast und Dizzy Sheridan waren dabei. Beide, so schrieb Bill Bast, gönnten ihm den Erfolg sehr, merkten aber auch, daß Jimmy bereits dabei war, eine andere «Persönlichkeit» zu werden. Er löste sich aus der Gemeinschaft; Dizzy bemerkte für sich, daß er nun ihrer Hilfe und Unterstützung nicht mehr bedürfe. Bill fand, daß ähnlich wie die perfekte Illusion des Wally Wilkins Jimmy nun dabei war, die Illusion von «James Dean» zu entwickeln – nicht mehr der Freund, sondern ein anderer Mensch.

Die Kritiker verrissen das Stück fast einhellig; es war ihnen mit Symbolik zu überladen. Nur James Dean wurde immer wieder gelobt – er habe «einer unmöglichen Rolle» eine außerordentliche Leistung abgewonnen.

Neue Angebote – Erste Erfolge

Jimmy hatte es geschafft. Zum erstenmal trafen Angebote bei seiner Agentin ein, und sie konnte sich erlauben, sie sorgsam abzuwägen. Die Fernsehleute waren interessiert, mit jungen Leuten wie James Dean zu arbeiten, die dem neuen Medium keine Vorurteile entgegenbrachten wie die «gestandenen» Schauspieler. Für die Kino-Stars war das Fernsehen eine Gauklerbude – und so sah dann auch ihrer Meinung nach das Programm aus. Daß tatsächlich das Fernsehen Themen aufgriff, an die Hollywood sich nicht herantraute, weil es finanzielle und moralische (Zensur) Risiken meiden mußte, wurde deutlich, als eine ganze Serie über das Thema Jugendkriminalität produziert wurde. Jimmy Dean wurde binnen kurzem zum «typischen» Jugendlichen: sensibel, enttäuscht von der Umwelt, chaotisch. Die anderen beiden jungen Schauspieler, die bei den von Jimmy als «Viehauktionen» titulierten Sprechproben immer wieder ausgewählt wurden, waren interessanterweise Paul Newman und Steve McQueen.

1953
Kleinere Fernsehrollen

Nur wenige Sendungen, in denen Jimmy mitgewirkt hat, sind erhalten geblieben. Die meisten wurden «live» ausgestrahlt. Es gibt keine verläßlichen Aussagen über diese Sendungen – bis auf die Tatsache, daß von Produktion zu Produktion mehr Fanpost bei seiner Agentin eintraf: Liebesbriefe von jungen Mädchen, brüderliche Anhimmelung von Jungen und ganz erstaunliche pornographische Zuschriften von älteren Damen, die Jimmy immer wieder aufforderten, er möge doch engere Hosen anziehen und bestimmte Posen einnehmen.
Jimmys Probleme mit Regisseuren nahmen zu – insbesondere wenn unter dem Druck einer Live-Aufführung in den Fernsehstudios

produziert wurde. Niemals spielte Jimmy eine Rolle so, wie er sie geprobt hatte. Immer wieder erfand er neue Varianten hinzu. Darüber waren die anderen Schauspieler meist empört, denn sie hatten – nach alter Tradition – jede Zeile auswendig gelernt und in Stellproben die endgültigen Positionen festgelegt. Jimmy brachte alles durcheinander und nuschelte seine Zeilen frei herunter – oft so unhörbar, daß die Mitspieler einer Szene ihr Stichwort verpaßten und Wutausbrüche bekamen. Ihre Wut wurde letztlich noch verstärkt, als dann am Ende in den Geschäftszeitungen der Vergnügungsindustrie – eine «seriöse» Fernsehkritik gab es noch nicht – nur Jimmy Dean als besonders begabtes Talent herausgestellt wurde. Der Vergleich mit Marlon Brando fiel immer häufiger.

Als die Zeitschrift ‹*Variety*› im September 1953 Jimmy bescheinigte, er habe noch eine große Zukunft vor sich, bot die Filmfirma *Metro Goldwyn Mayer* Jimmy die Hauptrolle in einem Kolossalfilm an: ‹*Der silberne Kelch*›, eine Christenverfolgungsschnulze. Jane Deacy wies die Rolle zurück, Paul Newman übernahm sie, der Film wurde eine große Pleite. Für zwei weitere Filme machte Jimmy Probeaufnahmen: das Musical ‹*Oklahoma*› und den Kriegsfilm ‹*Battle Cry*›. Für beide Rollen wurde er abgelehnt – ohne großes Bedauern seinerseits. Seine Fernseharbeit verschaffte ihm mehr und mehr Erfolge, und am Ende des Jahres 1953 galt er bereits als Name mit den Qualitäten eines «Kassenmagneten».

1953
Verschiedene Probeaufnahmen

Von Jimmys Leben/Rollenspiel-Mischung sprachen die Eingeweihten am Broadway und in Greenwich Village. Folgende Geschichte über einen Fernsehauftritt gab der Eigentümer eines italienischen Restaurants, in dem Jimmy regelmäßig verkehrte, zum besten: «Eines Sonntags nachmittags war ich auf meinem Heimweg – ich wohnte zwischen der 54. Straße und 6. Avenue –, und es war schlechtes Wetter. Regen. Und da steht er im Türeingang und wartet auf mich. Ich sage: ‹Wassen los mit dir? Bist du verrückt? Es regnet! Guck dich nur an, zerknittertes Hemd. Wassen los, bist du besoffen?› Er kam dann mit hoch, und ich wollte ihm einen Kaffee machen, aber er wollte nicht. Er guckte auf die Uhr. Schließlich sagte er: ‹Schau mal, Pop, ich muß jetzt weg, aber ich komm zurück.

Du schaltest da diesen Sender ein und guckst dir meine Sendung an, okay?› Also haben wir uns alle hingesetzt, und etwa 15 Minuten später kommt Jimmy auf den Bildschirm, sah gerade so aus wie in dem Moment, als er hier war. Er spielte die Rolle eines Säufers, irgend so eines besoffenen Mannes, der gerade einen Unfall oder sowas gehabt hatte. Aber er wirkte so natürlich! Er war genauso, wie er auch hier war und mit uns zusammensaß. Er hatte schon gespielt, als wäre er besoffen, und ich hatte mich ein wenig um ihn gesorgt. Aber er spielte den Säufer nur so, wie er im Fernsehen der Säufer war. Dann kam er zurück und schüttete sich aus vor Lachen. Sowas hat er gern gemacht.»

Unruhe

Jimmy, Bill und Dizzy lösten ihre Wohngemeinschaft auf. Dizzy zog nach Trinidad, um dort professionell zu tanzen. Bill kam bei der NBC als Autor unter. Jimmy ließ sich im Iroquois Hotel nieder, gleich neben *dem* New Yorker Künstlertreffpunkt zu jener Zeit, der *Algoquin-Bar.* Jimmy lebte in einem ständigen Wechsel von Umarmungen all dessen, was die Stadt, ihre «normalen» und exzentrischen Bewohner ihm zu bieten hatten, und Perioden der Isolation und des Rückzugs. Das geschah meist nach Beendigung einer Bühnen- oder Fernseharbeit. Unzufrieden stürzte sich Jimmy dann in ein Auto- oder Motorradrennen, um die Spannung zu entladen.
Als Bill Bast nach einigen Wochen ebenfalls ins Iroquois-Hotel zog, bemerkte er, daß Jimmy neue Freunde um sich versammelt hatte, die seine unersättliche Lust am Lernen wieder herausgefordert hatten. Der italienische Schauspieler Frank Corsaro machte Jimmy mit den Büchern von Aldous Huxley (*‹Schöne Neue Welt›*) und der Zwölftonmusik von Arnold Schönberg vertraut. Der junge Komponist Leonard Rosenman, der später die Filmmusik zu *‹Jenseits von Eden›* und *‹Denn sie wissen nicht was sie tun›* schrieb, gab Jimmy Bücher von Rimbaud, spielte Musik von Berlioz und versuchte mit ihm gemeinsam Werke des Existenzphilosophen Sören

Kierkegaard zu lesen. Als Bill Bast nach Los Angeles abreiste, weil er dort eine lohnende Arbeit als Stückeschreiber fürs Fernsehen gefunden hatte, gab ihm Jimmy einige seiner neuerworbenen Lieblingsbücher mit auf den Weg.

Abgesehen von einem neuen Apartment in der 68. Straße, das sich Jimmy wie die riesige Koje eines Schiffes über der Stadt einrichtete (Bullauge, Bücherwand, Plattenspieler, Stierkampfinsignien, Bongos, großes Bett), leistete er sich nichts Aufwendiges. Er kaufte sich nur viele Platten. Jeden Tag machte er die gleichen Runden durch die Bars und Kneipen – man kannte und erkannte ihn jetzt. So wie er ging und sich verhielt, ging und verhielt sich eben kein anderer. Onkel Marcus hatte das Motorrad von Fairmount nach New York geschickt – zu allen Proben raste Jimmy jetzt direkt vor den Bühneneingang. Langsam sammelte sich eine Clique um Jimmy, die er nie sonderlich zur eigenen Selbstbespiegelung benutzte; sie waren halt da, und meist ignorierte er sie. Leute ließen ihn schnell in Ruhe, wenn er in seiner frostigen Art Gespräche gar nicht aufkommen ließ oder Leute, die er einfach nicht mochte, völlig aus seinem Blick herausschnitt. Diese Leute waren nicht anwesend.

Bill Bast: «Er gab das bißchen Selbstdisziplin auf, das er sich angeeignet hatte, um besser mit den Menschen seiner Umgebung auszukommen, und verfiel wieder in seinen alten Hang, sich seinen natürlichen Regungen zu überlassen, Selbstdisziplin wurde für ihn gleichbedeutend mit Heuchelei. Sooft er mit seinen seelendurchforschenden Augen – diesen Augen, die sich unvernünftig tief in die Fäulnis der Menschen einzuwühlen schienen – in das krankhafte moderne Denken blickte und dort etwas fand, was ihn traurig und bitter machte, tat er seinen ursprünglichen Gefühlen keinen Zwang an, sondern spuckte sie gleichsam aus, ungeachtet, wer da stand: Sah er menschliches Leid, so weinte er, oder spottete erbittert über die Macht, die so etwas zuließ. Sah er etwas Spaßhaftes, so konnte er laut und herzhaft lachen. Sah er Schönheit, so nahm er sie ruhig und still in sich auf. Und wenn er sich selbst betrachtete, war er sich manchmal ein Rätsel und manchmal angeekelt.»

Jimmy lernte modernen Ausdruckstanz bei Katherine Dunham,

einer kubanischen Tänzerin. Er wollte sich noch freier bewegen können. Rhythmische Bewegung war wichtig für ihn: Manchmal konnte er sich stundenlang mit seinen Bongos zurückziehen und frei improvisieren. Ein schwarzer Freund, Bill Gunn: «Er konnte sich unglaublich konzentrieren. Den Takt wechseln, einen Rhythmus aufbauen. Er verlor sich in einer Musik, und nichts konnte ihn dann mehr ablenken.»

Da saß er also vor seinen Bongos, vielleicht in einem Künstlercafé in Greenwich Village – mit schwarzem Pullover (V-Ausschnitt) und in Blue Jeans –, einen Moment ganz konzentriert, den anderen Moment ungeduldig. Mal trieb ihn seine Aufmerksamkeit in die eine, dann in die andere Richtung. Sein Verhältnis zu Frauen ebenso wie sein Verhältnis zu Männern war völlig unstetig – während seiner New Yorker Zeit war er nur mit der Schauspielerkollegin Christine White, die mit ihm gemeinsam im Actors Studio vorgesprochen hatte, und Barbara Glenn häufiger zusammen. Alle anderen Beziehungen waren kurzfristig: einen Tag, vielleicht zwei Nächte.

Freunde sagen, Jimmy hätte «einen großen Verschleiß gehabt». Er hätte immer die Flucht ergriffen, wenn Menschen um ihn herum mit der möglichen Verantwortlichkeit für ihre Liebe und Zuneigung «gedroht» hätten. Sobald sich jemand in Jimmy verliebte und mit Forderungen auf ihn zuging, ergriff er die Flucht. Da waren Ängste – zweifellos. Ängste, sich so sehr zu verlieben, daß ein Verlust dieser Liebe unerträglich gewesen wäre – die Erfahrung beim Tod der geliebten Mutter wurzelte tief in ihm. Zum anderen waren da Ängste, sich entscheiden zu müssen – für eine Person, für eine Lebensform, die ihn möglicherweise in der Entfaltung all dessen, was er in sich und um sich herum noch kennenlernen wollte, behindert hätte. Jeder, der Jimmy «einfangen» wollte, mußte scheitern. Am liebsten war er auf Dauer mit Leuten zusammen, die keine Ansprüche an ihn stellten, ihn auch nicht in der Liebe zu sich selbst und seinem Körper verstörten.

Es gilt als ziemlich sicher, daß Jimmy sowohl mit Frauen als auch mit Männern Liebesbeziehungen unterhielt. Er war neugierig und sinnlich genug, alle Erfahrungen machen zu wollen, die Menschen im engen Umgang miteinander machen können: zärtlich sein, anfassen, entdecken – ohne daß irgendeine gesellschaftliche Norm darüber entscheidet, was nun «anständig» oder «normal» sei. «Ein Schauspieler muß das Leben interpretieren, ausdeuten, und damit ihm das gelingt, muß er bereit sein, *alle* Erfahrungen anzunehmen, die das Leben anbietet. Tatsächlich muß er versuchen, mehr aus dem Leben herauszuholen, als das Leben ihm zu Füßen legt. In der kurzen Spanne seines Lebens muß ein Schauspieler alles lernen, was man lernen kann, erleben, was man nur erleben kann – oder jedenfalls diesem Stadium so nah als möglich zu kommen. Er muß in dem endlosen Kampf, sich selbst zu informieren, geradezu übermenschlich sein.»

«Die vielversprechendste Bühnenentdeckung des Jahres»

Jimmy Deans nächste Bühnenrolle faßte seine Erfahrungen und Techniken auf eindrucksvolle Weise zusammen. Er hatte vorgesprochen für die Rolle eines jungen Arabers in dem Stück ‹*Der Unmoralische*› nach einem Roman von André Gide. In dem von Ruth und Augustus Goetz bearbeiteten Bühnenstück geht es um die Homosexualität – Liebes- und Geschlechtsbeziehungen zwischen Männern (oder Frauen). Ein französischer Archäologe verlebt mit seiner jungen Frau die Flitterwochen in Marokko; langsam wird ihm und seiner Frau klar, daß er Männer liebt und mit diesen Beziehungen glücklicher wäre. Spannungspunkt des Stückes ist die Art und Weise, wie ein raffinierter arabischer Diener – gespielt von James Dean – die Sehnsüchte des Archäologen erkennt und ihm – gegen Bezahlung – Kontakte vermitteln will.
Beim Vorsprechen spielte Jimmy eine Szene, die er später noch ausarbeitete und die Verführung und Sinnlichkeit suggerierte: Der Araber erzählt dem Archäologen von nächtlichen Treffpunkten im Park, nimmt eine kleine Schere, schnippt sie rhythmisch und beginnt einen Tanz mit weit ausgestreckten Armen und wiegendem Körper.

Februar 1954
Rolle in *‹Der Unmoralische›*

Jimmy bekam die Rolle. Als die Proben um zwei Wochen verschoben wurden, stieg er auf sein neues Motorrad – eine englische ‹Triumph› – und fuhr zwei Tage lang durch die Winterkälte nach Fairmount. Alle hielten ihn für verrückt – und die Theaterleute fragten sich, ob sie ihn heil wieder in New York sehen würden. Jimmy war froh in Fairmount – er ging auf die Jagd und las viel. Er las den Reisebericht des englischen Afrikaforschers und «Politikers» T. E. Lawrence *‹Die sieben Säulen der Weisheit›*. Thema: andere Kulturen und homosexuelle Erfahrungen.

Er war gut vorbereitet, als dann in New York die Proben begannen. Bei den ersten Tests in Philadelphia bekam Jimmy ausgezeichnete Kritiken. Um so erstaunter und verärgerter war er, als der Produzent plötzlich den Regisseur für die Broadway-Premiere auswechselte und Jimmys Rolle heftig verstümmelt wurde. Seine Interpretation, so hieß es, sei zu «tragisch». Jimmy geriet in heftigen Streit mit dem Regisseur, und er wollte mehrfach bei den letzten Proben «aussteigen». Seiner Freundin Barbara Glenn schrieb er, wie unwohl er sich fühle – einem dummen Regisseur ausgesetzt, mit dickem braunen Make-up, damit er «arabisch» aussähe.

Premiere war am 1. Februar 1954. Am gleichen Tag reichte Jimmy seine Kündigung für das Stück ein – zwei Wochen später sollte ein Ersatzschauspieler die Rolle übernehmen. Seinen Freunden hatte er voll Verachtung sämtliche Rollen und Eigenarten der Mitspieler/Stars (Louis Jordan, Geraldine Page) und des Regisseurs vorgeführt: Der «Araber aus Indiana» wollte solche Spielchen nicht mehr länger mit sich machen lassen. Am Abend kam er wenige Minuten vor Beginn mit dem Motorrad an, spielte seine Rolle, verbeugte sich – bei tosendem Beifall – mit einem koketten Knicks und leicht angelüpftem Rock und gewann zwei begehrte Kritiker-Preise am Broadway: den *Daniel-Blum-Preis* und den *Antoinette-Perry-Preis*, kurz *Tony* genannt – als «die vielversprechendste Bühnenentdeckung des Jahres». Marcus und Ortense waren von Fairmount nach New York gekommen – und sie waren glücklich. Jimmy hatte ihnen nichts von den Auseinandersetzungen berichtet.

Freunde waren sich nicht sicher, ob Jimmy richtig gehandelt hatte,

Jimmy als junger Araber. Er tanzt mit einer Schere. Obwohl er die Produktion und Regie des Stücks ‹Der Unmoralische› nicht akzeptierte, füllte er die Rolle, so gut er konnte. Ein Kollege: «Er bewegte sich wie eine Schlange. Seine Sinnlichkeit ergoß sich geradezu wortwörtlich über die Bühne.» Die Theater des Broadway brauchten solche Momente. Hier war ihre Chance, dem Kino und Fernsehen gegenüber zu bestehen.

als er – aus persönlicher Getroffenheit – die Rolle wieder abgab. Seine Exzentrik, fürchteten sie, würde ihm – bei allem Erfolg – die Arbeit mit anderen Regisseuren unmöglich machen. Jimmy beharrte auf seiner Entscheidung, und er spielte die zwei Vertragswochen verbissen und isoliert runter. Keiner konnte sich ihm in dieser Zeit nähern.

Elia Kazan wird aufmerksam

März 1954
Kontakt zu Elia Kazan; Probeaufnahmen für *‹Jenseits von Eden›*

Seine Agentin Jane Deacy hatte währenddessen erfahren, daß der Regisseur Elia Kazan eine Filmbearbeitung des Romans von John Steinbeck, *‹Jenseits von Eden›*, vorhatte. Jane Deacy fand, daß eine der Hauptfiguren Jimmys Möglichkeiten als Person und Schauspieler voll entsprach, und sie konnte Elia Kazan überreden, sich Jimmy an einem der letzten Abende im *‹Unmoralischen›* anzusehen. Kazan war interessiert und machte einen Termin aus. In Gesprächen war er zumindest so beeindruckt, daß er ihn in die engere Wahl für die Probeaufnahmen zog – die Wut, der schwelende Zorn und das wandelbare Temperament des jungen Mannes, den er ein Jahr zuvor schon einmal im *Actors Studio* getroffen hatte, waren eine direkte Anknüpfung an jenen Charakter, den Elia Kazan aus der Person Marlon Brando entwickelt hatte. Brando hatte unter Kazan in *‹Endstation Sehnsucht›*, *‹Viva Zapata›* und *‹Die Faust im Nacken›* gespielt. Brando wollte vorerst nicht wieder mit seinem «Entdecker» arbeiten, weil Kazan die Kommunistenjagd durch den Senator McCarthy unterstützt hatte. Elia Kazan hatte Namen von kommunistischen Schauspielern und Regisseuren weitergegeben, die in Hollywood und am Broadway auf eine sogenannte «Schwarze Liste» gesetzt wurden, weil man sie verdächtigte, den Umsturz der Regierung zu betreiben. Ihr Berufsverbot ermöglichte dem ehemaligen Kommunisten Elia Kazan unangefochtene Arbeit.

Kazan interessierte sich nicht so sehr für den Schauspieler als entwicklungsfähige Persönlichkeit, sondern als Material, aus dem große Gefühle freigesetzt werden. «Ich arbeite gern mit Unbekannten, mit Leuten, die hungrig sind», sagt Kazan. «Sie sind wie Kämpfer, die sich nach oben durchbeißen wollen. Es ist ein Kampf auf Leben und Tod, und deshalb geben sie ihr Allerletztes in die Rolle. Diese Qualität verschwindet später. Sie werden zivilisiert und normal.»

Jimmy war noch nicht zivilisiert – er war nicht angepaßt an diese Zivilisation. Er war – wie mir Kazan sagte – «wie ein Tier». Ein verletztes Tier. Und natürlich war auch Jimmy wie magisch von

Kazan angezogen: Sohn eines türkischen Teppichhändlers, der sich häßlich und von der «schönen, reichen amerikanischen Männergesellschaft» ausgeschlossen fand. Er hatte einen Kampf gegen diese Gesellschaft aufgenommen – aus egoistischen und idealistischen Gründen zugleich. Und er hatte Schauspieler gesucht und gefunden, die diese Kampfeshaltung mit ihm teilten. Kazan hatte Brando entdeckt, und schon dafür allein liebte ihn Jimmy. Bill Gunn: «Jeder New Yorker Schauspieler träumte damals davon, irgendwo beim Spielen von irgendeiner Rolle von Kazan entdeckt zu werden. Kazan war der absolute Gipfel. Wenn Brando Gott war, dann war Kazan Gottvater.»
Die Filmfirma Warner Bros. ließ in New York Probeaufnahmen machen. Drei Rollen mußten besetzt werden: die zwei feindlichen Brüder und das Mädchen zwischen ihnen. Ursprünglich war die Rede von Montgomery Clift und Marlon Brando als ungleichem Brüderpaar. Aus verschiedenen Gründen engte sich die Wahl auf James Dean, Paul Newman und Dick Davalos ein. Das Mädchen sollte die *Actors-Studio*-Schauspielerin Julie Harris spielen. In David Daltons Buch ‹*James Dean – The Mutant King*› wird der Dialog der Probeaufnahmen zwischen James Dean und Paul Newman wiedergegeben – einer Szene, die letztlich darüber entschied, daß Jimmy die Rolle von Caleb Trask, dem «bösen» unangepaßten Sohn bekam. Es war ein ganz unverstellter «Kampf». Paul Newman trägt in dieser Szene ein weißes Hemd und eine gepunktete Fliege (er ist 29), und Jimmy hat ein Sporthemd an– seine Brille guckt aus der Brusttasche raus (er ist 23). Jimmy schaut verletzlich; er hat seine von Michelangelos *David* abgeguckte Pose eingenommen. Paul Newman ist erwartungsvoll und selbstbewußt.
Die Szene:

«Regisseur (hinter der Kamera): Hey, ihr beiden Tunten, hierher gucken.
(Sie nehmen eine Profilhaltung ein.)

Paul Newman:	Ich will ihn nicht anschauen müssen. Er guckt wie saure Trauben.

(Unterdrücktes Gekicher von der Studiomannschaft.)

Regisseur:	Er macht doch nur seine Arbeit. Dann dreh dich doch anders rum.
Jimmy Dean:	Ich kann *ihn* auch nicht leiden.
Regisseur:	Wie wär's, wenn ihr jetzt mal direkt in die Kamera schauen könntet?

(Jimmy Dean und Paul Newman glotzen in die Kamera.)

Regisseur:	Schaut euch an.

(Paul Newman und Jimmy Dean werden unruhig, als sie sich jetzt von Angesicht zu Angesicht gegenübersitzen. Jimmy wirft etwas nervös in die Luft, fängt es auf, wirft es wieder hoch.)

Regisseur:	Paul, glaubst du, daß Jimmy bei den Mädchen mit kurzen Söckchen ankommt?
Paul:	Weiß nicht. Ob er ein Sex-Symbol wird? (Paul wirft einen kurzen Blick zu Jimmy.) Ich geh normalerweise nicht mit Jungs. Aber so wie er aussieht, klar . . . klar, ich glaub, sie finden ihn toll.
Regisseur:	Und was ist mit dir, Jimmy, glaubst du, daß dich die Mädchen mögen werden?

(Er antwortet nicht sofort. Gekicher im Hintergrund. Das merkwürdige Ding, das er in die Luft wirft, kommt ins Bild und wird erkennbar als ein Klappmesser.)

Jimmy:	Klar. Hängt alles nur davon ab, ob *ich* sie mag.»

Jimmy Dean bekam seine erste Filmrolle. Elia Kazan verbot ihm weitere Fahrten auf seinem Motorrad – er ließ Jimmy vorerst nicht aus den Augen. Jimmy packte seine Sachen, verabschiedete sich von seinen Freunden und flog mit Kazan nach Hollywood.

Mai 1954
Abflug nach Hollywood

Über diesen jungen Mann, der neben dem berühmten Regisseur im Flugzeug saß und nun in die Studios Einzug halten sollte, schrieb Bill Bast 1957: «Im Alter von dreiundzwanzig Jahren war James Dean über seine Jahre hinaus erfahrener, befriedigter, fertiger und

James Dean und Paul Newman in einer Situation, von der Tausende junger Schauspieler träumen. Über die Jahre ist der Wettbewerb immer erbarmungsloser geworden: Es gibt nicht genügend Theater, nicht genügend Fernseharbeiten, schon gar nicht genügend Filmproduktionen. Viele, die glaubten, es geschafft zu haben, sind vergessen. Paul Newman – heute über 50 – hat sich mit seinen Rollen verändern können. Deshalb ist er immer noch ein Star.

abgebrühter als die meisten gleichaltrigen Menschen ... Er hatte mehr gegeben und mehr genommen als die meisten anderen, und mit dreiundzwanzig Jahren war James Dean älter als sein Jahrhundert.»

Ein schnelles Leben.

Elia Kazan: «Er hatte seine Sachen in einer Papiertüte. Er war vorher noch nie in einem Flugzeug gewesen. Er sah unablässig seitwärts an diesem verdammten Flugzeug runter, schaute einfach auf die Erde. Er war völlig unschuldig. Für ihn war alles neu.»

Gespräch mit Elia Kazan

FRAGE: Alle Ihre Hauptfiguren sind Außenseiter. Gibt es eine Entwicklung von Marlon Brando über James Dean und Warren Beatty bis zu Robert de Niro?
KAZAN: Der James-Dean-Außenseiter ist anders als der Brando-Außenseiter. Und der ist wieder anders als die Außenseiterfigur in ‹*Das Arrangement*›. Da gibt es eine Entwicklung. James Dean war ziemlich sinnlos in seiner Außenseiterrolle. Es war reine Emotion. Die sinnliche Erfahrung, die vielleicht ein Hund macht, wenn er geliebt und dann verstoßen wird. Es war völlig instinktiv und animalisch, wenngleich tief empfunden. Das hat den Amerikanern damals gefallen, weil sie Illusionen über ihre eigenen Eltern verloren hatten. Sie lehnten die Werte und Lebensziele ihrer Eltern ab. Da war eine richtige Woge des Gefühls. Die Brando-Figur ist ganz anders. Da mußte gekämpft werden, um was zu erreichen. Im ‹*Arrangement*› schließlich, in dem Brando die Haupt-

rolle spielen sollte – das hat statt dessen Kirk Douglas gemacht –, ist ein Mann, der sich über sich selbst völlig im klaren ist. *Die James-Dean-Figur ist sich ihrer selbst überhaupt nicht bewußt – wer sie ist und wofür sie einsteht.* Dean weiß nichts über die Probleme der Umwelt. Im ‹*Arrangement*› weiß der Mann sehr genau, was er zerstören muß – die Angepaßtheit, die er in kleine Stücke zerreißen muß. Da liegt der Unterschied. Der Außenseiter wird sich seiner selbst bewußt, je älter er wird. Ich hab das selber bislang nie so gesehen und miteinander verknüpft. Ich habe bislang nie James Dean mit dem ‹*Arrangement*› in Verbindung gebracht, das ist sehr interessant.
James Dean war genau wie ein Tier. Er spielte völlig instinktiv. Er verstand alles. Er haßte seinen Vater, jedenfalls sagte er das – es war auch nicht schwierig, die Vaterfigur in ‹*Jenseits von Eden*› zu hassen. Aber *er hat das alles sofort intuitiv erfaßt und ohne weitere Erläuterung. Wenn ich es ihm hätte erklären müssen, hätte er es nicht spielen können.* Ich habe ihm zwar einzelne Szenen erläutert, aber worum es im Grunde ging, war klar. Brando zu der Zeit war die leibhaftige Rebellion – er ist es immer noch. Er ist immer noch gegen vieles in dieser Gesellschaft. Er nimmt den Oscar nicht an, kämpft für die Sache der Indianer, lebt für sich allein, ist isoliert, zurückgezogen. Auch das mußte man Brando nicht erklären: Er war eben der richtige Mann, mit Leib und Seele. Kirk Douglas hat eine erstaunliche Geschichte. Sein Name ist nicht Kirk Douglas, sondern ein jüdischer. Er ist ein Junge mit der Maske eines Kinostars, aber in Wirklichkeit ist er ein Jude in der christlichen Zivilisation. Er ist ein Außenseiter, und er verstand, was ich wollte. Mit ihm hatte ich lange Gespräche. Er ist sehr intelligent, wir mußten die Figur analysieren.
FRAGE: Wie arbeiten Sie mit Schauspielern?
KAZAN: Ich wähle eben die richtigen Leute aus, mit denen ich arbeite. Ich rede sehr offen mit ihnen. Ich weiß was über ihr Privatleben, deshalb kann ich das im Gespräch einbeziehen. Das ist nicht so schwierig, wie es aussieht. Es ist einfach eine Frage der Verständigung mit jemandem, den du gut kennst. Du weißt, womit du bei den Leuten rechnen mußt. Ich kannte all diese Leute sehr gut, jetzt kenn ich sie nicht mehr. Dean ist tot. Brando treffe ich nicht mehr, Kirk sehe ich nicht mehr.
FRAGE: Sie sind also an dem Leben dieser Schauspieler als Material interessiert?
KAZAN: Haargenau. Aber eben nur so lange, wie ich mit ihnen arbeite. Ich betrachte sie als Material. Genauso sind die Schauspieler an dir nur interessiert, weil du etwas zutage förderst, so daß sie es selbst benutzen können: ihre Begabung. Ich rede mit ihnen sehr privat.
FRAGE: Sie sagten, die Biographie Ihrer Schauspieler stellt das Material, mit dem Sie arbeiten. Können Sie sagen, wie das bei James Dean gelaufen ist?
KAZAN: Ich möchte das nicht. Ich kannte einige von seinen ganz persönlichen Problemen, und die sind eben privat, und ich möchte darüber nicht sprechen. Ich wußte, was

ihn verletzt hatte. Als ich mit Dean am Ende war, kannte ich ihn persönlich sehr gut. Das ist gar nicht so kompliziert. Aber es ist eben eine private Angelegenheit, und ich möchte nicht darüber sprechen. Und am Schluß stand ich James Dean auch nicht mehr so nahe, da sind gewisse Dinge passiert, und ich möchte eigentlich nichts Schlechtes über ihn sagen.

FRAGE: Aber nach Beendigung von ‹*Jenseits von Eden*› haben Sie gesagt, er dreht langsam durch.

KAZAN: Ja, das fand ich. Er machte den kleinen Leuten im Studio Schwierigkeiten, den Garderobieren und den anderen. Wirklich – er konnte sich selbst nicht helfen. Man wird eben mit Erfolg schlechter fertig als mit Pleiten. Man kommt mit dem Erfolg nur selbst zurecht – das schaffen nur wenige Leute.

FRAGE: War das ein Ergebnis des Studio-Systems in Hollywood, so wie es in den fünfziger Jahren noch funktionierte?

KAZAN: Nein, es ist ein Produkt der amerikanischen Public-Relations-Industrie, wo man so schnell in den Erfolg katapultiert wird – jeder ist ein Genie –, und ein Jahr später ist er ein Dreck. Dann wieder soll er ein Genie sein. Amerika bedeutet immer nur auf-ab–auf-ab. Es gibt keinen stabilen Erfolg.

Von links nach rechts: Elia Kazan, Marlon Brando, Julie Harris, James Dean, 1955.

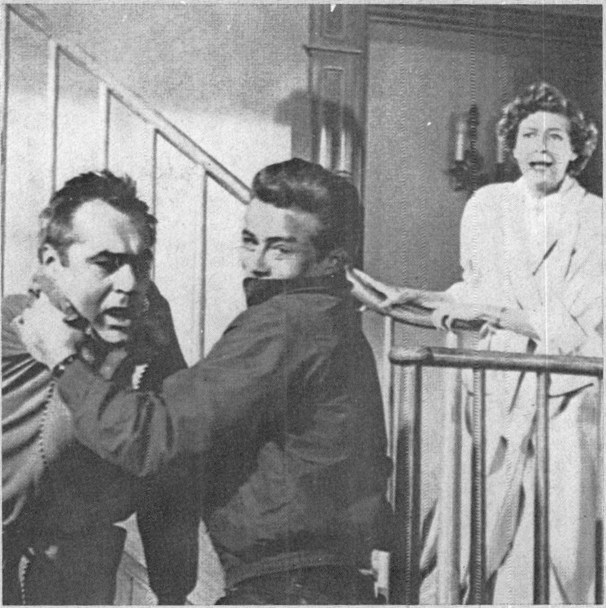

Denn sie wissen nicht was sie tun

Jim: James Dean
Vater: Jim Backus
Mutter: Ann Doran

Jim: Kann ich mit euch reden? Ich muß mit jemandem reden, Paps. Du mußt mir diesmal eine Antwort geben.

Vater: Fang an.

Jim: Eine direkte Antwort. Ich steck in einer Sache drin. Du kennst diesen großen, hohen . . . uh . . . Felsen bei Millertown?

Vater: O ja, ja.
Jim: Ich . . .
Vater: Da war ein schlimmer Unfall. Sie haben Bilder davon im . . . im Fernsehen gezeigt, Jim.
Jim: Ich hatte damit zu tun.
Mutter: Wie? Wie kannst du nur . . .
Jim: Es ist jetzt auch egal, Paps, ich hab ein gestohlenes Auto gefahren.
Mutter: Oh, das ist ja eine schöne Bescherung. Macht dir wohl Spaß, mir so was anzutun – oder was?
Jim: Ich wollte nicht . . .
Mutter: Und du wolltest, daß er eine Aufstellung macht!
Vater: Laß es ihn erzählen!
Mutter: In Ordnung, in Ordnung – *er* soll es erzählen!
Jim: Ach, sie will's ja gar nicht hören. Es ist ihr egal. Es ist ihr doch egal, was ich sage.
Mutter: *Mir* soll das egal sein? Erinnerst du dich, daß ich beinah gestorben bin, als er zur Welt kam? Und dann sagst du, mir sei alles egal.
Vater: Bitte, bitte – beruhige dich.
Jim: Paps, ich hab mal gesagt, das ist Ehrensache, erinnerst du dich? Sie haben mich Feigling genannt. Hörst du, Feigling. Ich mußte hingehen. Wenn ich's nicht getan hätte, hätte ich diesen Jungs nie wieder ins Auge sehen können. Ich bin in eins dieser Autos gestiegen. Und Buzz, Buzz ist einer von den Jungs, er ist in das andere Auto gestiegen. Und wir mußten schnell fahren. Und dann rausspringen, so, bevor das Auto an den Rand vom Felsen kam. Ich bin o. k. rausgekommen, aber Buzz nicht . . . er ist tot.
Mutter: Mein Gott!
Jim: Und . . . und . . . ich kann's nicht mehr für mich behalten.
Vater: Ja, du mußt es dir einfach von der Seele reden, mein Sohn.
Jim: Das ist . . . das ist es nicht, was ich meine! Paps, ich . . . ich hab nie irgendwas richtig gemacht. Ich bin . . . ich bin schon jahrelang mit dem Kopf in der Schlinge rumgerannt. Ich wollte euch nicht in diese Sache reinziehen, aber es geht nicht mehr. Seht mal, ich finde . . . ich finde, du kannst nicht einfach rumlaufen und Sachen beweisen wollen und so tun, als seist du 'n harter Bursche.
Vater: Ja, das stimmt.
Jim: Und du kannst nicht, auch wenn du in 'ner bestimmten Weise aussiehst . . . du kannst nicht . . . du siehst . . . du fühlst . . .
Vater: Das ist wahr. Du hast völlig recht. Du hast völlig recht.

Jim: Du hörst mir nicht zu! Du steckst in dieser Sache genauso mit drin wie ich! Ich werd' jetzt zur Polizei gehen, und ich werde ihnen sagen, daß ich mit dieser Sache heute abend zu tun habe. Und ich möchte nicht . . .

Mutter: Oh, nein!

Vater: Hat dich irgend jemand dort gesehen?

Jim: Ohh!

Vater: Hat irgend jemand dein Nummernschild gesehen?

Mutter: Was ist mit den anderen . . .

Jim: Weiß nicht.

Mutter: Was ist mit den anderen Jungs, glaubst du, sie gehen zur Polizei?

Jim: Das ist egal, das ist egal, das ist egal. Das ist egal, das ist egal, das ist egal.

Mutter: Warum solltest du der einzige gewesen sein, der damit zu tun gehabt hat?

Vater: Ich bin weit davon entfernt, dir zu sagen, was du zu tun hast, aber . . .

Mutter: Willst du predigen? Sollen wir jetzt einer Predigt zuhören?

Vater: Eh, ich will dir nur sagen, was . . . was ich meine. Du kannst nicht dein ganzes Leben lang idealistisch sein, Jim. Keiner dankt dir das, wenn du deinen Kopf hinhältst.

Jim: Ausgenommen . . . ausgenommen . . . du selbst.

Vater: Wart einen Augenblick.

Jim: Ausgenommen du selbst. Ich soll nicht hingehen?

Mutter: Ich will nicht, daß du zur Polizei gehst. Da waren auch noch andere Leute. Warum sollst du als einziger dran beteiligt sein?

Jim: Aber ich bin beteiligt! Wir sind alle beteiligt! Mam, ein Junge, ein Junge ist heute nacht umgekommen. Ich weiß nicht, wie ich da rauskommen soll, wenn ich mir vormach', es wäre nicht passiert.

Vater: Aber du weißt doch, daß du etwas falsch gemacht hast. Das ist doch die Hauptsache.

Jim: Das ist gar nichts.

Vater: Das . . .

Jim: Das ist absolut gar nichts. Paps, du hast mir beigebracht, du wolltest, daß ich die Wahrheit sage. Nun, hast du das nicht gesagt? Das kann man doch nicht einfach abwürgen.

Mutter: Das hat er nicht gesagt. Er hat nur gesagt, du sollst nicht als Freiwilliger hingehen.

Jim: Nur 'ne kleine dreckige Lüge erzählen.

Vater: Du wirst schon lernen, wenn du älter bist, Jim.

Jim: Oh, ich glaube, sowas möchte ich nicht lernen.

Mutter: Ach, es macht sowieso nichts, weil wir hier wegziehen.

Jim:	Ihr reißt mich nicht wieder los.
Vater:	Das ist neu. Warum sollten wir denn wegziehen?
Mutter:	Oh, muß ich es denn noch aussprechen?
Jim:	Ihr werdet mich nicht noch einmal als Entschuldigung benutzen!
Mutter:	Ich nicht.
Jim:	Immer, wenn ihr es nicht aushalten könnt, krieg ich die Schuld.
Mutter:	Das ist nicht wahr.
Jim:	Ihr sagt, ich bin schuld, es ist wegen der Nachbarschaft.
Mutter:	Nein.
Jim:	Ihr benutzt jede billige Ausrede. Mann, ich will nur einmal etwas richtigmachen. Und ich möchte, daß du nicht noch einmal vor mir wegläufst, Paps.
Vater:	Oh, das geht mir alles zu schnell, mein Sohn.
Jim:	Du solltest mir besser etwas geben, schnell etwas geben.
Mutter:	Jimmy, du bist sehr jung. Eine dumme Entscheidung könnte dein ganzes Leben kaputtmachen. In zehn Jahren wirst du noch nicht einmal wissen, daß das passiert ist.
Jim:	Paps, antworte ihr. Sag ihr's. Zehn Jahre. Paps, ich will hören, wie du ihr antwortest. Paps! Paps, steh für mich auf. Steh für mich gerade.
Mutter:	Du bringst ihn um. Willst du deinen Vater umbringen? Jimmy!

Gespräch mit Dennis Hopper

FRAGE: Wie war das, als du James Dean zum erstenmal begegnet bist – Ende 1954?
HOPPER: Das erste Mal, als ich ihm begegnete? Ich war mit meinem Agenten zusammen, Bob Rasin. Da kam dieser unscheinbare Typ vorbei. Ein Pullover mit V-Ausschnitt und Brillengläser so dick wie Cola-Flaschen. Unrasiert, eigenartig, und mit einem komisch verdrehten Gang. Mein Agent sagte: «Das ist James Dean.» Und ich hatte *‹Jenseits von Eden›* gesehen! Ich sagte: «Du machst Scherze. Das ist im Leben nicht James Dean.» «Nein, nein», sagte er. «Das ist er.» Verrückt.
Und das zweite Mal war in dem Drugstore gegenüber von den Warner-Bros.-Studios: nachdem Nicholas Ray, der Regisseur, gesagt hatte: «Ja, ich hab ihn für den Film eingekauft.» Da saß er also am Tresen mit einer Tasse Kaffee . . . er hatte einen Löffel mit Zucker . . . er streute Zucker in den Kaffee . . . und machte das hier. (Rührt.) Er

beobachtete, wie sich der Zucker im Kaffee auflöste. Und dann noch mehr. Mein Agent sagte: «Ich möchte Ihnen gern Dennis Hopper vorstellen . . . James Dean . . .» Er sagte überhaupt nichts, sah nicht auf, gar nichts.
FRAGE: Du hast gesagt, daß die wahnsinnigste Kinoerfahrung für dich war, als du Marlon Brando in *‹Viva Zapata›* und Montgomery Clift in *‹Ein Platz an der Sonne›* gesehen hast, beide Filme innerhalb einer Woche. Welche Vorbilder hatte Dean?
HOPPER: Er liebte Clift, und er liebte Brando.
Von Montgomery Clift habe ich später folgende Geschichte gehört: Als James Dean noch in New York zur Schauspielschule ging, rief er mitten in der Nacht Clift an und sagte: «Ich bin auch ein großer Schauspieler, ich bin auch ein großer Schauspieler.» Clift änderte seine Telefonnummer, aber Dean fand es heraus und rief ihn wieder an, sagte: «Wir müssen uns treffen.» Clift hat ihn nie zu Lebzeiten gesehen und war tief betroffen, als er herausfand, wie großartig Jimmy war. Das gleiche lief mit Brando. Beide wollten nichts mit ihm zu tun haben. Brando sagte: «Du trägst meine Jeans vom letzten Jahr und spielst meine Nummern vom letzten Jahr.»
Dean sagte zu mir: «Ich habe Montgomery Clift in der einen Hand, der sagt ‹Bitte, vergib mir›, und ich habe Marlon Brando in der anderen Hand. Der sagt: ‹Leck mich am Arsch.› Also: Vergib mir und leck mich am Arsch, und irgendwo in der Mitte ist James Dean.»
FRAGE: Welche Beziehung hast du zu James Dean während eurer Zusammenarbeit entwickelt?
HOPPER: Bei den Dreharbeiten zu *‹Denn sie wissen nicht was sie tun›* – wir drehten das Autorennen als Mutprobe auf den Klippen – schnappte ich mir James Dean und nahm ihn beiseite, in ein Auto. Ich sagte: «Du kannst etwas, was ich nie gelernt hab. Ich dachte immer, ich wäre der größte Schauspieler auf der Welt, bis ich dich sah. Aber du kannst was, was ich nicht kann.» Er sagte: «Meine Mutter starb . . .» Dann: «Warum willst du ein Schauspieler sein?» Ich sagte: «Weil ich meine Eltern hasse. Weil ich das Leben nicht mochte, das ich gelebt habe. Weil ich etwas einem Publikum mitteilen möchte, das ich nie sehe.»
FRAGE: Was mitteilen?
HOPPER: Egal was. Etwas, einfach: etwas. Nicht, daß es ein Spiel mit Macht ist, denn du siehst sie ja nie.
FRAGE: Du willst geliebt werden?
HOPPER: Geliebt werden, ja, anerkannt werden.
FRAGE: Von der größten Zahl Menschen, die man erreichen kann . . .
HOPPER: Haargenau. Denn dir ist, als wolle man dich nicht. Du glaubst nicht, daß du geliebt wirst.
Ich erzählte ihm, daß, wenn meine Eltern im Publikum sind, ich's noch intensiver machen würde . . . Und er sagte: «Ja, ich weiß. Meine Mutter starb, als ich neun Jahre

alt war. Zuerst habe ich nur geweint und geweint. Und dann ging ich zu ihrem Grab, und ich weinte auf ihr Grab, und daraus wurde dann, ganz wütend: ‹Ich werd dir's zeigen, daß du mich verlassen hast. Ich werde der Größte sein.›» Und er wurde Schauspieler. Und so haben wir uns verstanden.

Er ist dann auch immer gekommen und hat mich beobachtet, ich wußte nicht, daß er da war. Ich war 19, er 24. Mein Lehrmeister. Er hat dann anschließend mit mir darüber gesprochen.

Und dann starb er, das ist jetzt 21 Jahre her. Mein Gott!

James Dean hat mir gezeigt, daß die mittlere Silbe im englischen Wort *‹Life›*, *Leben*, *‹if›* ist, *wenn*. Hier ist also ein Gedicht von Rudyard Kipling, *‹If› – Wenn.*

Wenn du deinen Kopf behältst,
Da alle um dich zagen
Und legen ihren Kleinmut dir zur Last.
Vertraun zu dir bewahrst,
Da andre dir's versagen.
Doch auch Verständnis für ihr Zweifeln hast;
Wenn du zu warten weißt und bleibst gelassen,
Betrogen, fern dich hältst von dem Betrug.
Wenn du, gehaßt, dich hütest mitzuhassen . . .
Wenn du träumst, aber dich nicht durch Träume beherrschen läßt
Und denkend Denken nicht zum Ziel dir machst.
. . .
Wenn du vermagst, was du nur hast, zu raffen
Und legst auf eine Karte alles hin,
Verlierst – und fängst von vorne an zu schaffen.
Und wirst dabei die Miene nicht verziehn;
Wenn du das Herz, die Nerven und die Sehnen
Zum Dienst zwingst, da sie letzte Kraft verläßt.
. . . Wenn du zu Massen sprechen kannst
Und wahrst dabei deine Tugend,
Wenn du mit Königen Umgang hast,
Aber nie das Allgemeine vergißt.
. . .
Wenn alle nah, doch nicht zu nah dir gehn,
Wenn jede Stund erfüllst mit ihrem Werte,
Daß keine je vergeblich dir verrann,
Dein ist mit allem, was sie trägt, die Erde
Und – mehr als das – mein Sohn, du bist ein Mann.

Filmographie

Jenseits von Eden
(East Of Eden, 1955)

Produktion und Regie: Elia Kazan
Drehbuch: Paul Osborn nach dem Roman von John Steinbeck
Musik: Leonard Rosenman
Kamera: Ted McCord
Darsteller: James Dean (Cal Trask), Julie Harris (Abra), Raymond Massey (Adam Trask), Richard Davalos (Aron Trask), Burl Ives (Sam, der Sheriff), Jo Van Fleet (Kate), Albert Dekker (Will Hamilton), Lois Smith (Anne), Harold Gordon (Mr. Albrecht), Richard Garrick (Dr. Edwards), Timothy Carey (Joe), Nick Dennis (Rantani), Lonny Chapman (Roy), Mario Siletti (Piscora).

Ein Cinemascope-Film in Warnercolor, 115 Minuten. Dreharbeiten Mai–August 1954. Erstaufführung in den USA: 9. April 1955.

Denn sie wissen nicht was sie tun
(Rebel Without A Cause, 1955)

Produktion: David Weisbart
Regie: Nicholas Ray
Drehbuch: Stewart Stern nach einer Idee von Nicolas Ray, dramatisiert von Irving Shulman
Musik: Leonard Rosenman
Kamera: Ernest Haller
Darsteller: James Dean (Jim Stark), Natalie Wood (Judy), Sal Mineo (Plato), Jim

Backus (Jims Vater), Ann Doran (Jims Mutter), Corey Allen (Buzz), William Hopper (Judys Vater), Rochelle Hudson (Judys Mutter), Virginia Brissax (Jims Großmutter), Nick Adams (Moose), Dennis Hopper (Goon), Jack Simmons (Cookie), Marietta Canty (Negerin), Jack Grinnage (Chick), Beverly Long (Helen), Steffi Sidney (Mil), Frank Mazzola (Crunch), Tom Bernard (Harry), Clifford Morris (Cliff), Ian Wolfe (Professor), Edward Platt (Officer Ray), Robert Foulk (Gene), Jimmy Baird (Bean).

Ein Cinemascope-Film in Warnercolor, 111 Minuten. Dreharbeiten März–Mai 1955. Erstaufführung in den USA: 29. Oktober 1955.

Giganten
(Giant, 1956)

Produktion: Henry Ginsberg und George Stevens
Regie: George Stevens
Drehbuch: Fred Guiol und Ivan Moffat nach dem Roman von Edna Ferber
Musik: Dimitri Tiomkin
Kamera: William C. Mellor
Darsteller: Elizabeth Taylor (Leslie Lynton Benedict), Rock Hudson (Bick Benedict), James Dean (Jett Rink), Mercedes McCambridge (Luz Benedict), Chill Wills (Onkel Bawley), Jane Withers (Vashti Snythe), Robert Nichols (Pinky Snythe), Dennis Hopper (Jordan Benedict III), Elsa Cardenas (Juana), Fran Bennett (Judy Benedict), Carroll Baker (Luz Benedict II), Earl Holliman (Bob Dace), Paul Fix (Dr. Horace Lynnton), Judith Evelyn (Mrs. Horace Lynnton), Carolyn Craig (Lacey Lynnton), Rodney Taylor (Sir David Karfrey), Alexander Scourby (Old Polo), Sal Mineo (Angel Obregon II), Monte Hale (Bale Clinch), Mary Ann Edwards (Adarene Clinch), Napoleon Whiting (Swazey), Charles Watts (Whiteside), Maurice Jara (Dr. Guerra), Victor Millan (Angel Obregon I), Pilar Del Rey (Mrs. Obregon).

Ein Farbfilm in Warnercolor, 198 Minuten (moderne Fassung gewöhnlich um 20 Minuten gekürzt). Dreharbeiten Juni–September 1955. Erstaufführung in den USA: 24. November 1956.

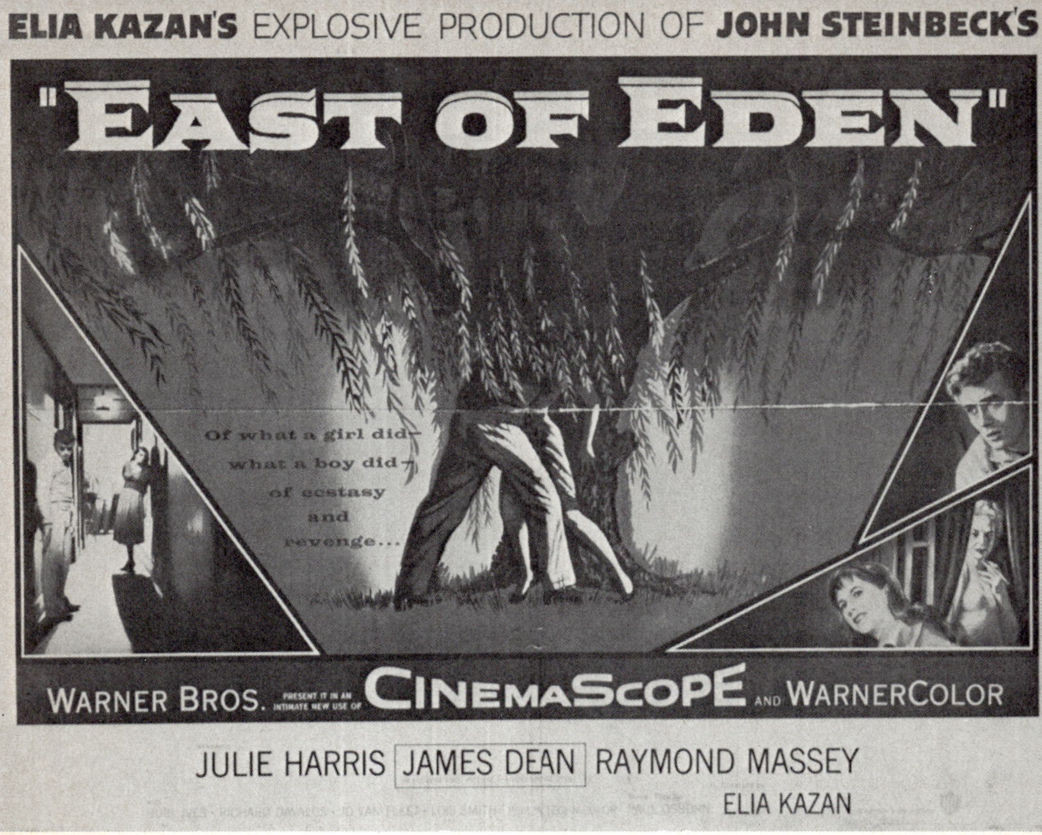

James Dean spielt den jüngeren zweier Brüder, die ohne Mutter aufwachsen. Sie werden von einem strengen Vater beherrscht. Aron, der ältere Bruder, ist der Lieblingssohn seines Vaters, weil er folgsam ist. Er hat eine Freundin – Abra. Cal (Jimmy Dean) ist das schwarze Schaf der Familie: Er schwänzt die Schule, hängt herum. Er fühlt sich in seiner Liebe zum Vater nicht verstanden. Durch Zufall findet Cal heraus, daß die Mutter noch lebt – sie ist die Eigentümerin eines Bordells. Er schafft es nicht, zu ihr vorzudringen («Sprich zu mir, Mutter!»), aber er sagt dem Vater, was er weiß. Der Vater ist entsetzt – Aron soll nichts davon erfahren. Cal versucht ein weiteres Mal, mit seinem Vater zurechtzukommen. Sein Vorschlag, die Kohlernte im Eiswagen frischzuhalten, scheitert. Das Geld des Vaters ist verloren. Cal will den Verlust wettmachen und borgt 5000 Dollar von seiner Mutter: Er will in ein Bohnenfeld investieren, das zum Kriegsgewinnlergeschäft wird. Als aber Cal dem Vater das Geld überreichen will, akzeptiert der Vater es nicht, weil es «schmutzig» sei. Er verflucht seinen Sohn und verkündet die bevorstehende Verlobung von Aron und Abra. Cal verschleppt daraufhin Aron in das Bordell der Mutter. Aron bricht zusammen und meldet sich freiwillig zur Armee. Der Vater liegt im Sterben, Abra und Cal pflegen ihn. Am Ende deutet sich eine Versöhnung an.

Hollywood

Hollywood – die Stadt, die Jimmy vier Jahre vorher aus der Perspektive des Suchenden und Statisten kennengelernt hatte. Sein Zorn war noch nicht verflogen. Kazan hatte ihn für zwei Wochen in Urlaub geschickt, damit er sich Sonnenbräune und etwas Gewicht zulegte – schließlich sollte er einen Farmerjungen spielen. Gemeinsam mit Bill Bast meditierte Jimmy über Strategien, wie man dem publicityhungrigen Klatschzirkel Hollywoods begegnen könne. Jimmy entschied sich für Zurückhaltung – was ihm dann auch binnen kurzem den Ruf einbrachte, er sei eine männliche Greta Garbo. Ähnlich wie sie zöge er sich hinter eine Brille wie hinter eine Maske zurück und flüchte unerkannt von Nachtclub zu Nachtclub in Hollywood – immer auf der Suche nach Gelegenheiten, seine exzentrischen Manieren auszuleben.

Weil er kein Motorrad mehr fahren durfte, kaufte er sich vom Honorarvorschuß einen roten MG, mit dem er über die Boulevards brauste; wollte er allein sein, zog er sich auf eine Ranch in den Hollywood-Bergen zurück. Sein Verhalten erregte in dem eher von Ängsten, denn von «Frieden» besetzten Hollywood ständiges Aufsehen – ob er nun wollte oder nicht. Die Presseabteilung bei Warner Bros. konnte mit dem neuen Star, der sich ganz offen als «Neurotiker» – Seelenkranker – bekannte, nicht viel anfangen, hatten sie es doch bislang als ihre wichtigste Aufgabe angesehen, Krankheiten und Beschädigungen der Stars zu vertuschen.

Kazan und Dean bezogen beide – statt der üblichen Hotelzimmer – Garderobenzimmer in den Studiogebäuden der Firma Warner Bros. in Burbank. Kazan bewachte sein «Tier», und als er merkte, wie notwendig eine Konzentration auf die Filmerfahrung sein würde, sorgte er dafür, daß das Team weitgehend abgeschieden drehen konnte: keine Fremdenführungen, kaum Presse. Jimmy schrieb in dieser Zeit folgenden Brief an Barbara Glenn, seine Schauspielerfreundin in New York:

«Liebste Barbara,
mir gefällt es hier nicht. Ich mag mein Zuhause in New York, und ich mag Dich, und ich möchte Dich sehen. Muß es mir immer schlechtgehen? Ich streng mich unheimlich an, damit mich die Leute zum Kotzen finden. Warum? Ich will diesen Brief nicht schreiben. Wär wohl besser, wenn ich schweigen würde. Wow! Bin ich vielleicht am Arsch.
Bin hier an einem Donnerstag hergekommen, bin in die Wüste am Sonnabend gefahren, eine Woche später nach San Francisco. ICH WEISS NICHT, WO ICH BIN ... ICH MÖCHTE STERBEN. Ich hab den Mädchen hier gesagt, sie können mich in' Arsch lecken, und was für sterile, rückgratlose, dämliche Nutten sind das. ICH BIN BIS JETZT MIT NOCH NIEMANDEM (KEINEM KÖRPER/NO BODY) INS BETT GEGANGEN. Und ich mach das auch nicht, bis nachm Film, und wenn ich sicher zu Hause in New York City bin (schnucklige Stadt, nicht wahr) – klingt unglaubwürdig, ist aber die Wahrheit, ich schwör's. Also paß auf, hör auf zu atmen, halt die Stadt N. Y. C. an, bis (hier sollten die Trompeten einsetzen) James Dean zurückkehrt.
Wow! Bin ich vielleicht am Arsch. Hab kein Motorrad. Hab kein Mädchen. LIEBLING, Scheiße, Großschreiben hilft auch nicht. LIEBLING ... schreib mir, bitte. Ich bin die meiste Zeit traurig. Auch schrecklich einsam. (Ich hoffe, du stirbst) DENN ICH STERBE AUCH.

In Liebe
Jim (Brando Clift) Dean

Bei den Außenaufnahmen zu ‹Jenseits von Eden› im Tal von Salinas: Elia Kazan mit Julie Harris.

Der Garten Eden?

Für Elia Kazan *war* Jimmy Cal Trask und gleichzeitig ein Abbild von Kazans eigener Jugend – ein mißtrauischer, liebebedürftiger, hassender, rebellischer junger Mann. Jimmys Leben ging ein in die Geschichte von Kain und Abel, die John Steinbeck in Amerika während des Ersten Weltkriegs angesiedelt hatte. Der Ort: das Tal von Salinas in Kalifornien.

Für Jimmy gab es in der Rolle vieles wiederzubeleben, was er im Verlauf seiner eigenen Geschichte unmittelbar erfahren hatte: das Außenseitertum, das Verhältnis zur Mutter, die Schwierigkeiten mit dem Vater. Einen Bruder hatte er nicht gehabt; auf Kazans Anweisung mußte Jimmy sechs Wochen vor Drehbeginn mit seinem Partner Dick Davalos zusammenziehen. Die Beziehung zwischen den beiden jungen Männern gewann etwas von der Zuneigung und Feindseligkeit zugleich, die Cal und Aron im Drehbuch charakterisieren. Dick Davalos erinnerte sich später, er habe manche Szenen tausendmal vorher schon durchlebt, bevor er sie dann wirklich vor der Kamera spielen sollte – so abhängig und voller Widerstände zugleich sah er sich gegenüber Jimmy.

Ende Mai – Ende August 1954
Dreharbeiten zu ‹*Jenseits von Eden*›

Die Dreharbeiten begannen Ende Mai 1954 in Salinas. Kazan entdeckte den jungen Schauspieler während des Drehens immer wieder neu – diese Lust an der Entdeckung teilt sich auch heute noch in diesem Film mit, wenngleich viele Figuren und Szenen viel zu theatralisch erscheinen. Jimmy hat die falschen Posen überlebt – in der Verletzlichkeit seiner preisgegebenen Existenz. Kazan sagte über die Dreharbeiten: «Sein Gesicht war sehr poetisch. Ich finde, sein Gesicht war wundervoll und voller Schmerzen. Er tut dir wirklich so leid, wenn du ihn in Großaufnahme siehst; gleichzeitig merkte ich, daß sein Körper großartig war. Sein Körper war tatsächlich ausdrucksvoller als Brandos – er hatte viel mehr Spannung. Brando hat irrsinnige Spannung, aber seine wirkliche Kraft liegt in der Statik . . . Dean hatte einen sehr lebendigen Körper; und ich hab viel damit in Totalen gespielt. Und Cinemascope betonte Deans kleinen Wuchs. Wenn er im Bohnenfeld rumläuft: das ist so groß und weit, und du siehst, wie Dean durchläuft, und er sieht aus wie ein kleines Kind.»

Diese Szene ist auch die Lieblingsszene von Marcus und Ortense Winslow: Hier haben sie ihren Jimmy, den Jungen von der Farm, wiedererkannt. Marcus: «Das kommt dem am nächsten, wie er wirklich war.»
Die meiste Hilfe während der Dreharbeiten bekam Jimmy von Kazan und Julie Harris, die das Mädchen Abra spielte. Raymond Massey hingegen, der Darsteller des Vaters, mochte sich nicht anfreunden mit diesem «nuschelnden Wunderkind». Als in Szenen von mangelnder gefühlsmäßiger Intensität Kazan Jimmy heimlich anwies, über «seinen Vater» mit einer Flut der unflätigsten Ausdrücke herzufallen, wollte Massey gar die Dreharbeiten abbrechen – bis ihn Kazan überzeugen konnte, es habe sich nur um einen Trick gehandelt. Ein anderes Mal, als die Szene mit Abra in dem Riesenrad gedreht werden sollte – Jimmys Liebeserklärung –, ging Jimmy den ganzen Tag nicht zur Toilette, um möglichst verklemmt zu wirken. Kazan: «Es war nicht einfach, mit Jimmy zu arbeiten, weil alles so neu war für ihn. Er war wie ein Tier. Ärgerlich, unsicher. Aber Julie Harris war sehr hilfreich. Sobald Jimmy Zuneigung und Verständnis und Geduld spürte, wurde er unheimlich gut.»
Warner Bros. suchten während der Dreharbeiten immer wieder Kontakte zu Reportern, die über ihr «junges Genie» – wie sie sich entschieden hatten, den «Anfänger» zu taufen – respektable Berichte schreiben wollten. Auch in die Geschäftsblätter der Vergnügungsindustrie drangen vielversprechende Meldungen über die Stars des Films *‹Jenseits von Eden›*, allen voran Jimmy Dean.
Der Film war kurz vor der Fertigstellung. Die in den Briefen an Barbara Glenn immer wieder formulierte oder umschriebene Einsamkeit wurde kurz durchbrochen, als Jimmy «die Liebe seines Lebens» traf – die junge italienische Schauspielerin Pier Angeli. Wenngleich die Beziehung zwischen den beiden von Anfang an nicht unproblematisch war – Kazan berichtet, die beiden hätten sich in den Räumen auf dem Studiogelände Tag für Tag aufs neue «ermordet» –, so gab sie doch Jimmy vorübergehende Sicherheit. In den Augen seines Regisseurs allerdings war diese Sicherheit trügerisch. Kazan spürte, wie Jimmy anfing, die Legenden in der

‹Jenseits von Eden›: Aron und seine Freundin Abra treffen den Vater. Cal (James Dean) steht am Rande.

Sommer 1954
James Dean lernt Pier Angeli kennen

Presse über seine magische Wirkung selber zu glauben. Eine Entfremdung setzte ein: «Gott, er gab alles, was er hatte in diesem Film. Er hielt nichts zurück. Gegen Schluß der Dreharbeiten, die letzten Tage, fühlte man einfach, daß hier ein Star geboren wurde. Alle rochen es; alle Publicity-Leute hingen ständig um ihn rum. Dann, finde ich, fing es bereits ein bißchen an, daß er davon verdorben wurde. Bei dem Film darauf dachte ich: In seinem Wesen geht etwas kaputt.»

Kazan, der vier Monate lang wie ein Vampir den gefühlsmäßigen Reichtum Jimmys geplündert hatte und dann ihn sich selbst überließ, ist im nachhinein bis zu einem gewissen Grad selbstkritisch: Er sagt von sich, diese Form der Regie sei damals noch stark von seinem eigenen, Kazans, Unterbewußtsein geprägt worden. Hätte er diese Ausbeutungsprozesse bewußt eingeleitet, wäre es – so meint er heute – «schlimm gewesen». «Je mehr Erfolg ein Schauspieler hat, desto mehr gewinnt er das Aussehen einer Wachsfrucht; das Leben verzehrt ihn nicht mehr ... Ich versuche meine Schauspieler in dem Moment zu erwischen, da sie noch immer oder wieder menschlich sind. Und wenn du, in diesem Moment, einen menschlichen Schauspieler hast, dann kannst du deine Hand in ihn reingleiten lassen und ihn aufwecken ... Jimmy Dean ... war nur ein junger Bursche, der vor den Büros rumlungerte. Aber in ihm war Gewalttätigkeit, er hatte diesen Hunger in sich, und er war der Junge, den er in seinen Filmen spielte.»

Die Klatschtanten und Kritiker wollten Jimmy natürlich um jeden Preis mit Marlon Brando in Verbindung bringen. Wie wenig davon aber im Grunde vorhanden war, hat Jimmys schwarzer Freund Bill Gunn klargemacht. «Bei Jimmy war ein Funke, den Brando nicht hatte. Er ist nicht in den fünfziger Jahren stehengeblieben, sondern er hat die Kluft überbrückt. Na klar hat er Brando studiert und Dinge übernommen, aber – jemanden zu imitieren, ist eine Form der Selbstwerdung durch Anverwandlung.»

November 1954
Preview-Vorstellung von *‹Jenseits von Eden›*

‹Jenseits von Eden› war fertig. Bei ersten internen Vorführungen hatte es spontanen Beifall gegeben. Dann: Tests mit dem allgemeinen Publikum. Bill Bast: «Eines Spätnachmittags läutete mein Tele-

fon. ‹He, Willie›, murmelte Jimmy, ‹heute abend findet die *preview*-Vorstellung von *‹Jenseits von Eden›* statt, wenn du sie sehen möchtest.›
‹Ich komme hin›, versprach ich . . .
Obwohl ich zeitig hinkam, war das Kino schon vollbesetzt. Wie streng auch über die geheimgehaltene *preview*-Vorstellung von den Herstellerfirmen Schweigen bewahrt wird, so sickert doch ein Gerücht davon in der Stadt durch, und die Leute von der Filmbranche füllen das Lichtspieltheater, um sich die Neuerscheinung anzusehen und mit fachmännischen Augen zu beurteilen, ob sie Aufmerksamkeit verdient oder nicht. Das macht leider die *preview*-Vorstellung für den Produzenten praktisch wertlos, da ihr Hauptzweck ist, festzustellen, wie ein unparteiisches Durchschnittspublikum den Film aufnimmt. In dem von Stimmengewirr erfüllten Foyer des Lichtspieltheaters blieb ich stehen, um einen Augenblick mit Jimmy zu sprechen. Er war sehr nervös. Als er mich bat, mich zu ihm zu setzen, lehnte ich das ab, da ich wußte, daß es eine Qual sein würde, während der Vorstellung neben ihm zu sitzen. Er verstand das und sagte, er würde sich danach mit mir unterhalten.»
Bill Bast war überwältigt vom Film und glücklich. Er empfand diesen Erfolg auch als eigenen Erfolg – als Erfolg der Gemeinsamkeit: «Bis ich mir durch die Menge meinen Weg ins Foyer gebahnt hatte, war Jimmy fort. Man sagte mir, er sei vor Beendigung des Films weggegangen. Ich machte mich auf den Weg nach Hause und wartete auf seinen Anruf. Ich wußte, er würde kommen, vermutlich gegen drei Uhr morgens, und ich wußte auch, daß ich ihm nicht viel zu sagen brauchte, damit er verstand, wie ich über den Film dachte.»

Selbstdarstellung

Hollywood war entschlossen, James Dean als neuen Gott aufzubauen, und der neue Gott wünschte sich nichts sehnlicher. Noch glaubte er, selber die Dressur des Pressemobs bewältigen zu können. Die giftige alte Klatschtante Hedda Hopper hatte er bereits zur

Verbündeten gemacht – sie, die ihn vorher als «unhöflichen Gammler-Import aus New York» abgetan hatte, fühlte sich jetzt als verständnisvolle Mutter.

Jimmy spielte auch das Starlet-Spiel. Man läßt sich fotografieren, wenn man eine Verabredung mit einer Sex-Bombe hat – vor dem Kino, vor dem Nachtclub. Bill Gunn berichtet von solch einem arrangierten Ereignis: «Jimmy hatte sich sogar in einen Smoking gezwängt. Terry Moore war ein junges Sex-Monster . . . und Jimmy erzählte mir später, daß ihn eine Limousine abholte und sie dann Terry Moore abholten. Und dann kam sie raus, aufgedonnert in diesem riesigen Kleid, und sie setzte sich hin, und er lächelte und sagte: ‹Oh, hallo›, und sie sah ihn an, drehte sich weg und setzte sich aufrecht hin. Die Limousine fuhr den ganzen Weg, und er sitzt im Rücksitz, verängstigt, denkt, was ist bloß los? Sie sagt kein Wort, aber zwei Minuten, bevor sie vor diesem Kino vorfahren, huscht ein breites Lächeln über ihr Gesicht, sie wendet den Kopf, nimmt seinen Arm und redet in sein Ohr, einfach nur blalalablalablaaala. Und er läßt es mit sich geschehen und weiß nicht, was los ist. Sie steigen aus, und sie machen das den ganzen Abend – sie sieht den Film, sie kommen raus, dann setzen sie sich in das Auto, sie sitzt aufrecht, spricht kein Wort mit ihm, er bringt sie nach Hause, sie steigt aus – und sie hat den ganzen Abend kein Wort mit ihm gesprochen.»

Jimmys Kompromisse stürzten ihn in große Konflikte. Er mußte für sich selbst herausfinden, daß er die Presse und das Verabredungs-Starlet-Spiel zur Selbstbestätigung und narzißtischen Bespiegelung nur bedingt gebrauchen konnte – ähnlich vergeblich wie sein Buhlen um Marlon Brando, den er nur einmal während der Dreharbeiten zu *‹Jenseits von Eden›* im Studio sah. (Brando soll ihm später auf einer Party einen Psychiater vermittelt und vom Motorradfahren abgeraten haben.)

James Dean suchte die reinste Form der Liebe, die Selbstliebe – kindlich und ohne Komplikationen, so naiv und hysterisch zugleich wie jene Situation, die angeblich auf dem Warner Bros.-Gelände stattgefunden haben soll: Jimmy rannte irgendwann plötzlich split-

Bis Ende der fünfziger Jahre waren Louella Parsons (links) und Hedda Hopper (rechts) die meistgehaßten und -umschwärmten Frauen Hollywoods. Es gab keine seriöse Filmkritik, die wirklich einflußreich war. Nur die «Klatschtanten» mit ihren Spalten in den unzähligen Fanmagazinen und Tageszeitungen garantierten Werbeerfolg. Heute braucht die Industrie zwar immer noch den Klatsch, aber sie plant ihn – mit Millionenaufwand. Eine gutplazierte Talk-Show oder ein gezielt eingesetztes Exklusiv-Interview samt Buchveröffentlichung verfehlt selten die Wirkung. Jene Zeit, in der die alten Damen Hof hielten, ist vorbei. Der Komponist Hanns Eisler 1935: «Vor allem hat Hollywood den Charakter eines kleinen Provinznestes voll von Tratsch und Intrigen, doch liegt dieses Tratschnest allerdings in einer herrlichen Landschaft am Pazifischen Ozean mit Palmen und den herrlichsten Blumen.»

ternackt aus der Garderobe und rief: «Seht her! Seht doch her, wie schön ich bin.» Elia Kazan bestätigt diese Entwicklung: «Es ist nahezu unmöglich für jemanden, auf Dauer diese Form der allgemeinen Aufmerksamkeit, Verehrung und Belagerung zu verkraften. Jimmy war verletzlicher als irgend jemand sonst, den ich kenne. Er war unglaublich narzißtisch. Nach dem Pferd und dem Motorrad kaufte er sich eine umfangreiche Kameraausrüstung. Ich erinnere mich daran, wie er vor einem Spiegel stand und sich selbst fotografierte. Er hielt die Kamera unter sein Kinn und nahm ein Foto nach dem anderen auf. Diese Form des Selbstbewußtseins paßte zu ihm. Er wußte mit der Zeit sehr genau, welches Bild er da (von sich) schuf.»

Jimmy baute den Rahmen für die Selbstdarstellung instinktiv – deshalb ist es auch im nachhinein so schwierig, zu unterscheiden, wie bewußt er mit seiner eigenen Geschichte spielte und wann er nur seine unbewußten Wünsche und Sehnsüchte ausagierte. So waren auch das Pferd, das Motorrad und schließlich der Sportwagen Vehikel für die Bespiegelung und die Wünsche nach Bewegung und «Veränderung» zugleich. In einem Brief an Barbara Glenn wird deutlich, wie sehr Jimmys Körperlichkeit und Sexualität an die Geschwindigkeit gebunden war:

«5. 8. 54

Hab mich sehr gefreut, von Dir zu hören. Das ist noch untertrieben. Gadge Kazan (Elia Kazan) und Williams (Tennessee Williams) *sind* nett, aber ich würde diesen verfluchten Typen letztlich auch nicht über den Weg trauen. Sie können dich ausnutzen wie jeder andere auch.

Liebling! Ich bin immer noch eine kalifornische Jungfrau, bemerkenswert, nicht? Ich bewahr mir das alles auf – Atombombe Dean. Die Dean-Familie hat jetzt Zuwachs. Ich habe einen roten 53 MG . . . Mein Sex ergießt sich in schnelle Kurven, breite Straßen . . . Du mußt dich jetzt ganz schön im Wettbewerb behaupten. Mein Motorrad, mein MG und meine Freundin. Ich hab mit meinem MG geschlafen. Wir treiben's zusammen. LIEBLING.»

Alle, die sich fragten, wer ist Jimmy Dean *wirklich*, konnten letztlich nur ihre eigenen Fantasien darüber befragen. Elvis Presley beispielsweise modellierte sich selbst deutlich nach Jimmy Deans Vorbild: Aus seiner Phantasie von Jimmy wurde ein neues «Bild». Er hatte seine Lektion so gut gelernt, daß er bei einem späteren Treffen mit dem Regisseur Nicholas Ray auf die Knie sank und ganze Passagen aus *‹Denn sie wissen nicht was sie tun›* auswendig aufsagte. Sein eigener Versuch in der Darstellung eines jugendlichen Kriminellen aus den Slums von New Orleans *‹König der heißen Rhythmen›* (*‹King Creole›* – 1957) ist eine Sammlung von Posen, Gesten und Haltungen, die er Jimmy Dean abgeschaut hat.
Was Elvis Presley nicht wissen konnte, war die Tatsache, daß er mit seiner Musik wiederum James Dean stark beeindruckt hatte. Jimmy verstand die verhaltene Aggressivität sofort – so in dem von Elvis neu aufgelegten Blues *‹Hound Dog›* («Du bist nichts weiter als ein widerlicher Rumtreiber ...») – und machte sie sich zunutze. Der Komponist Leonard Rosenman erinnert sich: «Es gab eine Platte, die Jimmy liebte – Elvis Presley mit *‹You Ain't Nothin' But A Hound Dog›*. Mitten in der Nacht rief er einfach jemanden an, hielt das Telefon an den Lautsprecher, und wenn eine Antwort kam und jemand ‹Hallo?› sagte, legte er die Platte auf. *You ain't nothin' but a hound dog* ... Er hat das auch einmal mit Brando gemacht.»

Pier Angeli: «Wir waren wie Kinder»

Viele Mädchen kreuzten Jimmys Weg – einmal wollte ihn sogar ein Starlet, das sich selbst als «Hexe» bezeichnete, mit Voodoo-Zauberriten ins Grab wünschen –, aber kein Mädchen beeindruckte Jimmy so wie die 23jährige Pier Angeli. Unglückseligerweise wurde das Mädchen sowohl von ihrer Filmfirma MGM als auch von der eigenen Mutter so sehr als «ewige katholische Jungfrau» festgelegt, daß sie und Jimmy keine Chance fanden, einander zu entdecken. Die Mutter verbot Pier Angeli den Umgang mit Jimmy; als Jimmy nach New York ging, verlobte und verheiratete sich Pier Angeli binnen vier Wochen mit dem Schlagersänger Vic Damone. Diese aufgezwungene Heirat wurde 1958 geschieden; kurz vor ihrem Tod durch eine möglicherweise von Drogen verursachte Herzschwäche 1971 sagte Pier Angeli noch einmal, die Liebe zu Jimmy sei die einzige «wahrhaftige» in ihrem Leben gewesen – unmöglich gemacht durch die Umwelt, die Publicity, die Erziehung und die Religion.

In dem einzigen Interview, das sie je zu diesem Thema gab – 14 Jahre nach Jimmys Tod –, erzählte Pier Angeli: «Wir sind zusammen an die kalifornische Küste gefahren und haben uns dort heimlich in einer Hütte am Strand aufgehalten, weit weg von allen gierigen Augen. Wir haben viel Zeit am Strand verbracht, nur so dagesessen oder herumgealbert, *so wie Schulkinder.* Wir sprachen über uns selbst und unsere Probleme, über das Kino und die Schauspielerei, über das Leben und Leben nach dem Tode.

Manchmal sind wir einfach nur so am Strand längsgegangen, wir sprachen nicht miteinander, sondern haben stillschweigend unsere Liebe ausgetauscht.

Wir haben uns wundervoll verstanden . . . Wir waren wie Romeo und Julia zusammen und untrennbar. Manchmal am Strand, wenn wir zusammen waren, liebten wir uns so sehr, daß wir einfach gemeinsam ins Meer gehen wollten, die Hände fest umschlossen, so daß wir immer würden zusammen sein können.

Wir wollten aber keinen Selbstmord begehen.

Wir liebten unser Leben und wir wollten einfach immer so nah beieinander sein, wie nur möglich.

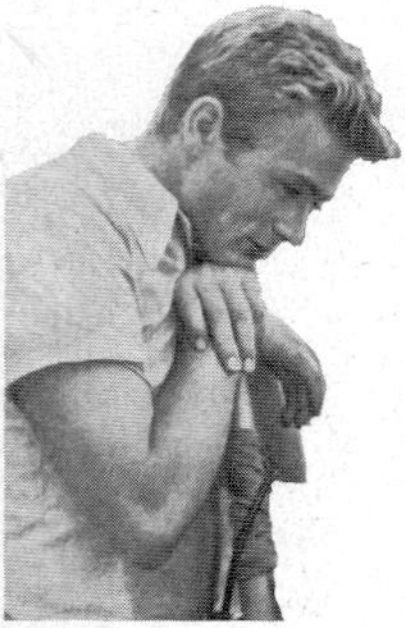

Man mußte uns nicht gemeinsam bei Filmpremieren und in Nachtclubs sehen.

Wir brauchten nicht in den Klatschspalten zu sein oder bei den großen Hollywood-Parties aufzutauchen.

Wir waren zusammen wie Kinder, und so wollten wir's haben.

Wir sahen uns oft, wenn wir nicht im Studio waren. Wir waren jung, und wir wollten gemeinsam das Leben genießen. Das haben wir getan.

Manchmal sind wir einfach nur umhergefahren und hielten an einer

Hamburger-Bude für einen Imbiß oder fuhren in ein Autokino. Es war alles so unschuldig und voller Begeisterung.»
Bill Bast schreibt: «In Hollywood lief das Gerücht um, Jimmy sei am Tage von Piers Hochzeit der Kirche gegenüber auf seinem Motorrad gesessen und habe geweint. Jedenfalls war er tief bestürzt und schrecklich enttäuscht. In seinen ständigen Bemühungen, wenn er liebte, alle Gefühle bis zur Neige zu erleben, überließ er sich einer hemmungslosen Liebe, und wenn er den Gegenstand seiner Liebe verlor, einem hemmungslosen Schmerz.»

Der Name in Neonschrift

Jimmy lebte immer noch auf dem Studiogelände von Warner Bros. Er zog sich zurück, fühlte sich scheinbar verfolgt. Er bewachte seine Räume, hielt in der Garderobe einen Colt und das Klappmesser verborgen. Wenn er trank, wurde er gewalttätig. Er blieb auf dem Gelände – auch als der Film *‹Jenseits von Eden›* schon längst abgedreht war. Manchmal, wenn Jimmy Pier Angeli nicht treffen konnte (die er am Telefon immer «Miss Pizza» nannte), hing er allein in seiner Garderobe – war des Nachts (neben den Nachtwächtern) der einzige Mensch auf dem riesigen Gelände mit den Studios und Phantasiestädten, von denen nur die Fassaden standen. Als schließlich einer der Firmenchefs, Jack Warner, Jimmy des Nachts bei Wanderungen über das Gelände entdeckte, warf er ihn hinaus; er ließ ihm zwölf Stunden, seine Habseligkeiten zu packen. Dieser junge Mann, so fand er, war ein Sicherheitsrisiko, auch wenn ihm die Presseleute immer wieder sagten, dies sei der neue Star der Firma, und man habe ihn vorsichtig zu behandeln. Die Studiochefs waren die wirklichen Herrscher, und obwohl – angesichts der Bedrohung durch das Fernsehen – ihre Spezies bereits auszusterben begann, regierten sie ihr Kino-Reich immer noch mit der gleichen Allgewalt wie zu Beginn des Jahrhunderts, als Hollywood sich entwickelte.

Jimmy war außer sich. In jener Nacht tobte er über das Gelände, riß

Hinweismarkierungen heraus und verdrehte Türschilder. Die Sache wurde mit diplomatischem Schweigen übergangen – Warner Bros. wollten schließlich einen neuen Vertrag mit ihm abschließen. James Deans Schwur, nie wieder auf das Gelände zurückzukehren, sollte bald schon wieder gebrochen werden. Er mietete eine Wohnung in Sherman Oaks, einem Vorort von Los Angeles, kaufte sich ein neues Motorrad und machte den Sunset Boulevard unsicher. In der Warner Bros.-Kantine riß er gerahmte Bilder mit seinen Porträts runter und zertrat sie. Die Kolumnisten fanden, wie John Howlett schreibt, Jimmy Dean würde langsam zu groß für seine schwarzen Lederstiefel. Nach den erfolgreichen *previews* von *‹Jenseits von Eden›* war allerdings Hofberichterstattung angesagt.

Jimmy floh aus Hollywood, in dem plötzlich alle über ihn sprachen.

Dezember 1954
In New York

Ziel: New York. Dort mied er die prachtvolle Galavorstellung von *‹Jenseits von Eden›*, die bekannte Schauspieler als Platzanweiser bestritten: Der Reinerlös sollte dem *Actors Studio* zugute kommen. Jimmy war nicht dabei.

Er hatte mit seinen beiden Freunden Bill Gunn und Martin Landau den Film vorher angesehen. Nach der Vorstellung gingen die drei jungen Männer immer wieder am Astor-Theater vorbei, in dem der Film laufen sollte, und nicht ohne Stolz betrachteten sie die Neonschrift: JAMES DEAN IN ‹JENSEITS VON EDEN›. Jimmys Name als Leuchtreklame am Times Square – das Ende aller Träume und der Anfang der «richtigen» Wirklichkeit? Keiner konnte Jimmy endgültig die Unsicherheit nehmen. «Was haltet ihr davon? Mögt ihr's? Hm? Bin ich in Ordnung?» fragte er immer wieder die beiden Freunde, als sie zum werweißwievielten Mal die Neonschrift mit Blicken nachzeichneten. Die Schultern eingezogen, sich schützend – in Hollywood wetzten die Kolumnisten die Messer, weil sich ihnen das junge Genie nicht freiwillig auslieferte. Ein Star ist ein Star, und Hollywood ist Hollywood. Die Bars am Times Square waren kein Fluchtort mehr.

Nach Kriegsende in Berlin – mitten in den Ruinen. Kinder stehen Schlange vor dem Kino und warten auf Einlaß. Die Sache mit den Träumen. Zehn Jahre später: die Köpfe voller Sehnsüchte und Unbehagen angesichts einer verwalteten Welt. Die Erwachsenen, die den ganzen Erdball in Trümmer legen wollten, alarmieren die Polizei, als ein paar Jugendliche Rock 'n' Roll tanzen und das Gestühl zerschlagen

Froh, daß man einen Arbeitsplatz hat. Es soll ja aufwärts gehen. Im neuen Ausgehmantel und auf spitzen Stöckelschuhen vorsichtige Annäherung: Bloß nicht zu Hause sein. Wir treffen uns vor dem Kino. Angst vor der Gruppe, aber auch Angst vor dem Alleinsein. Viele fragen sich: «Wer sind wir eigentlich? Kinder? Jugendliche? Erwachsene? Konsumenten? Soldaten?

Mittlerweile irgendwo in Europa und danach

Du mußt Dir das einmal vorstellen: Mitte der fünfziger Jahre war es überhaupt nicht selbstverständlich, daß man im Radio seine Musik (den Rock 'n' Roll) hörte, im Kleiderschrank seine Sachen (Blue Jeans und was dazu gehört) hängen hatte und im Kino seine Idole (James Dean) verehrte. Alles mußte erkämpft werden. Im Radio sang Peter Alexander ‹Der Mond hält seine Wacht›, Rock 'n' Roll war bestenfalls auf den amerikanischen Besatzungssendern zu hören. Blue Jeans waren die Hosen der Eckensteher, «anständige» Jugendliche trugen Anzüge mit Schlips und Kragen. Im Kino hieß es ‹Wenn am Sonntagabend die Dorfmusik spielt› und ‹Liebe, Tanz und 1000 Schlager›.

Wiederaufbau und «Wirtschaftswunder»: Die Eltern rackerten sich für Hungerlöhne ab, keiner wollte arbeitslos werden wie zur Zeit der Währungsreform. Jugendliche träumten von Mopeds und eigenen Zimmern in den viel zu kleinen Mietwohnungen. In «Nachbarschaftshäusern», einer den «Häusern der Jugend» vergleichbaren Einrichtung der Alliierten, konnten sich Jugendliche treffen. Die Generation derer, die noch vage die Bombennächte der letzten Kriegsjahre als böse frühe Kindheitsträume erinnerte, fand sich in einer scheinbar geordneten Welt wieder. Der Vater war aus der Kriegsgefangenschaft zurück, die Mutter hatte bis dahin auch allein ihren Mann gestanden und die Familie versorgt, jetzt nahm sie wieder ihre alte Rolle ein.

Der Vater führte ein strenges Regiment, schließlich hatte er es ja so beigebracht bekommen. In der Schule lehrten wieder die alten Männer, denen noch der Drill der Kaiserzeit und danach in den Knochen steckte. Am Arbeitsplatz waren Meister und Unternehmer, die glaubten, sie müßten die Zuchtlosigkeit der Nachkriegszeit beseitigen. An der Spitze des Staates waren Männer, die sagten, wo der

Feind zu suchen sei: bei den Kommunisten im Osten.

In diese so geordnete Welt drangen Unruhestifter mit Lederjacken und Jeans ein: Unruhestifter, die in der Bundesrepublik «Halbstarke», in Großbritannien «Teddy Boys», in Frankreich «Schwarzjakken» (Blousons Noirs), in Rußland «Stiljagis» und in Amerika «Beat Generation» («die Generation der Geschlagenen») hießen. Jugendliche schlitzten Kinositze auf und tanzten in den Reihen, als in dem Hollywood-Film ‹Saat der Gewalt› (‹Blackboard Jungle›) Billy Haleys ‹Rock Around The Clock› loshämmerte – 1955, überall auf der Welt. Elvis Presleys scheinbar unzüchtige Becken-Kreiselbewegung wurde von amerikanischen Frauenvereinigungen und Freikirchen als «Nigger-Komplott» und kommunistisches Verderben gedeutet.

In Amerika wie in der Bundesrepublik hatten die Jugendschützer «jugendeigene» Lebensformen wie comic strips, Coca-Cola und quergestreifte T-shirts als Ausdrucksformen des Generationenkonflikts begriffen. «Sowas hat es immer gegeben», sagten verständnisvolle Pädagogen und wiesen auf die Vorgänger der James-Dean-Figur hin, die ihrer Meinung nach eine gelungene Mischung aus Helden der dreißiger und vierziger Jahre war: dem müden Humphrey Bogart, dem zynischen James Cagney, dem charmanten Frank Sinatra, dem sensiblen John Garfield, dem einsamen Montgomery Clift.

Dennoch sah es diesmal so aus, als gelänge es den am Taschengeld der jungen Leute interessierten Industrien nicht, ihre jungen Käufer

Während 1950 bis 1953 der Korea-Krieg die Gefahr eines Dritten Weltkrieges greifbar nahe rückt, ist in den bundesdeutschen Kinos die Wirklichkeit auf Fox-tönende Wochenschauen reduziert. Von der jüngsten Vergangenheit will man nichts wissen. Märchenköniginnen und allwissende Chirurgen ordnen das Weltbild der verwirrten deutschen Bürger. Aufbau heißt auch Wiederaufbau der zerstörten Familien. Seid so fröhlich und hoffnungsfroh wie die ‹Trapp-Familie› (mit Ruth Leuwerik und Hans Holt).

Millionen Heimatvertriebene haben nach 1945 in der BRD ein Unterkommen gefunden. Dennoch: Wenn ‹Heimat› gleich ‹Bei-sich-selbst-Sein› ist, wird verständlich, warum damals so viele Zuschauer Sehnsucht nach der heilen Welt des ‹Försters vom Silberwald› hatten (im Foto: Rudolf Lenz).

für die Helden und die Kitschstories der Erwachsenen umzudrehen. Ein neuer Absatzmarkt entwickelte sich. Hollywood und die Schallplattenindustrie bemerkten das als erste, nicht zuletzt auch deshalb, weil gerade die Traumfabrik schwer in Bedrängnis geraten war. Das Fernsehen hielt die Zuschauer zu Hause fest. Nur bei den jungen Leuten konnten die Filmbosse damit rechnen, daß sie lieber von der Familie fort waren: das Mädchen mit den vielen Petticoats und dem

Pferdeschwanz an der Ecke treffen, vorher den Kamm durch das fettige Haar ziehen und hinten zu einem Entenarsch zusammendrücken, die Tolle toupieren; gemeinsam in der Milchbar, später im Kino, Rebellion auf der Leinwand tanken und auf dem Rücksitz die Finger unter das Gummiband des Slips rutschen lassen. Die ersten Zungenküsse und der erste «richtige» Steife zwischen den Beinen – das sind Gefühle, die – trotz aller Jugendverbote und nur schwiemeligen Andeutungen im Kino (die Kirche hatte auch in Hollywood auf alles ein Auge) – unverbrüchlich an James Dean und Natalie Wood hängen.

In der Bundesrepublik konnte man auf den Fernsehschirmen Konrad Adenauer sehen, in Amerika Präsident Eisenhower. Der Senator McCarthy jagte Kommunisten, Korea war gerade vorbei, und Jugendliche aus der Zeit der Weltwirtschaftskrise hatten jetzt ihrerseits Kinder im Alter von 13 bis 16. Ähnlich wie Eltern in der Bundesrepublik brachten amerikanische Eltern ihren Kindern bei: Strebt nach Sicherheit! Lebt ordentlich und verdient ordentlich Geld, damit es euch nicht so ergeht wie uns – Arbeitslosigkeit, Armut, Weltkrieg. Kümmert euch nicht um andere, sondern kümmert euch nur um euch selbst!

Die Jugendlichen, die sich nicht mehr unmittelbar an die Härten des Krieges erinnerten und sich im relativen Wohlstand einrichteten, fanden Zeit, über die Welt ihrer Eltern nachzudenken. Was sie am meisten störte, drückten die einen in sprachlosem Widerstand, die anderen in rebellischer Literatur aus: Sie empfanden alle einen Mangel an Aufrichtigkeit und Werten, einen Mangel an Idealen; sie sahen ein entleertes, nur an Geld und Karriere orientiertes Leben; ein Leben voller doppelter Moral und Anpassung. Die Gräber der beiden letzten großen Kriege mußten immer noch gepflegt werden; die Wochenschauen und das Fernsehen zeigten an jedem Jahrestag des Atombombenabwurfs auf Hiroshima die Verkrüppelungen und Entstellungen Tausender Japaner. Wie konnte man das hinter der Geschäftigkeit des Alltags und der geregelten Langeweile des Familienlebens immer wieder verstecken?

Dieser Zorn äußerte sich zuerst im miefigen Dunkel der Kinos.

Jim Stark ist mit seinen Eltern neu in die Stadt gezogen. Jim gilt als schwierig. Die Eltern müssen ihn – betrunken – auf der Polizeiwache abholen. Am nächsten Tag in der Schule stellt sich heraus, daß die einzigen Menschen, mit denen Jim zurechtkommt, Jugendliche sind, die er in der Nacht ebenfalls auf der Polizeiwache getroffen hat: der Einzelgänger Plato und Judy. Judy ist die Freundin des Gang-Führers Buzz. Jim und Buzz prallen aufeinander: Zuerst bekämpfen sie sich mit dem Messer, dann machen sie eine Mutprobe mit Autos. Buzz kommt dabei ums Leben. Jim will sich der Polizei stellen, aber die Eltern sind dagegen. Aufgebracht zieht sich Jim mit Plato und Judy in ein verlassenes Haus am Stadtrand zurück. Sie leben für kurze Zeit als «Familie», bis die Gang sie aufstöbert. Der verstörte Plato flüchtet in ein Planetarium, Jim will ihn überreden, sich zu ergeben. Ein nervöser Polizist tötet Plato, als er sich ergibt und ohne Waffen herauskommt.

Hollywood · Hollywood

Januar 1955
Rückkehr nach Hollywood

Als Jimmy nach Hollywood zurückkehrte, wurde ihm langsam klar, daß Anfang 1955 kein anderer Star so viel Publikum anzog wie er. Irritiert fuhr er auf seinem Motorrad an den Kinos am Hollywood Boulevard vorbei, starrte auf die Schlangen vor den Kinokassen. (*‹Jenseits von Eden›* war der einzige Kinoerfolg, den Jimmy tatsächlich erleben konnte.)

Währenddessen bereitete der Regisseur Nicholas Ray, ein früherer Assistent von Elia Kazan, mit verschiedenen Drehbuchautoren einen Stoff über Jugendkriminalität in den «besseren» Vierteln von Los Angeles vor. Warner Bros. hatten bemerkt, daß Filme mit einem relativ niedrigen Aufwand wie *‹Der Wilde›* (mit Marlon Brando) und *‹Die Saat der Gewalt›* (mit Glenn Ford und Sidney Poitier) ein Publikum ins Kino brachten, das sich vor dem Fernsehschirm der Eltern ganz und gar nicht wohl fühlte: Jugendliche. Der Auftrag war klar – und wie in den meisten Fällen hing es davon ab, wie selbstbewußt und trickreich der Regisseur Nicholas Ray war, innerhalb der Grenzen und Freiräume eines Studio-Systems die Bilder zu realisieren, die er sich vorgestellt und bereits in einem ersten längeren Kontakt mit James Dean gemeinsam entwickelt hatte.

Das Resultat war ein Film, der – bei allen Überalterungen der sprunghaft erzählten Geschichte – so direkt wie noch nie zuvor Generationskonflikte spiegelt und die eigene Welt der Jugendlichen vorführt. Nicholas Ray: «Ein Junge will zum Mann werden, schnell.» Und Stewart Stern, der die Dialoge zu *‹Denn sie wissen nicht was sie tun›* geschrieben hat, sagte: «Dies ist die Geschichte einer Generation, die in einer Nacht erwachsen wird.»

Für das Gelingen gibt es viele Gründe; nicht nur, weil James Dean mitwirkte, sondern weil es der Regisseur verstand, ein unver-

James Dean probt mit dem Regisseur Nicholas Ray.

brauchtes Team junger Schauspieler und Laien zusammenzubringen, die improvisieren durften und eigene Erfahrungen aus ihren Cliquen und Gangs einbrachten. Nicholas Ray sah in Jimmy den Ausdruck einer zwiespältigen Beziehung zur Gesellschaft, die mißverständlicherweise «Rebellion» genannt wird: Du möchtest Teil der Gesellschaft sein und hast im gleichen Moment Angst davor, daß sie dich kleinmacht, zurechtstutzt, anpaßt und auffrißt. Die Hoffnung auf solidarisch empfundenen Widerstand und die Chance, diesen Widerstand auch durchzusetzen, hat sich in den fünfziger Jahren nirgendwo – bis auf die Rock 'n'-Roll-Musik – so deutlich ausgedrückt wie in diesem Film.

Nicholas Ray erinnert sich, daß Dean sich anfänglich nicht für die Mitwirkung entscheiden konnte – zumal der von ihm sehr verehrte Regisseur George Stevens (unter anderem ‹*Ein Platz an der Sonne*› mit Montgomery Clift und Elizabeth Taylor) Jimmy für eine Hauptrolle in dem Amerika-Epos ‹*Giganten*› vorgesehen hatte. Bei einem Abendessen mochte Jimmy nicht mehr über das Drehbuch für ‹*Rebel Without A Cause*› reden und rückte mit einem sehr viel persönlicheren Problem raus. «Ich hab Tripper» (eine Geschlechtskrankheit), sagte er. «Was soll ich tun?» Nicholas Ray ging mit ihm zu einer Apotheke und besorgte ein Medikament. Jimmy war dankbar und sagte plötzlich: «Ich mach in deinem Film mit. Aber erzähl Warners nichts von dieser Sache hier.» Nicholas Ray war froh. Jimmy wurde im Januar 1955 offiziell besetzt. Der Drehbeginn für ‹*Giganten*› war ohnehin bis Mai verschoben worden.

Januar 1955
Rolle in ‹*Denn sie wissen nicht was sie tun*›

Autorennen

Jimmy wartet auf den Beginn eines Rennens.

Die Vorbereitungen für ‹*Rebel*› liefen bereits, als Jimmy einen Unfall mit seinem Motorrad baute. Er lernte daraus nicht. Statt dessen spornte ihn sein erster «richtiger» Sportwagen noch mehr an: ein Porsche. Bill Bast: «Ich zockelte eines Abends über den Sunset Strip in dem Rumpelkasten, den ich Auto nannte, nach Hause, als ich das Donnern eines starken Motors hinter mir hörte. Als ich bei einem roten Licht halten mußte, kam neben mir in der nächsten Fahrbahn ein weißer Porsche knirschend zum Stehen.
‹Willie!› rief Jimmy und bedeutete mir, an den Straßenrand heranzufahren. Er glitt neben mich, ließ ein paarmal seinen Motor heulen und erklärte strahlend: ‹Ich habe ihn gerade heute bekommen. Willst du auf eine Runde mit mir fahren?›
Ich saß bereits im Wagen, bevor er die Frage stellte. Er fuhr in die Hügel von Hollywood hinein und war entschlossen, mir etwas zu zeigen, was ich noch nie zuvor in meinem Leben gesehen hatte. Der für Gebirgstouren gebaute Porsche überwand die steile Steigung, als wäre sie eine flache Landstraße, wobei er bei jeder tückischen Kurve fest auf der Straße lag. Nach wenigen Sekunden schienen wir schon oben auf dem Berg den Appian Way entlang zu fahren und sahen, wie die im Neonlicht gleißende Stadt unter uns vorbeiglitt. Mit meisterhafter Genauigkeit steuerte Jimmy den Wagen rasch die kurvenreiche Bergstraße hinunter, durch den Schluchtpaß und zurück zu der Stelle, wo ich meinen Wagen stehengelassen hatte.»

Marlon Brando (Mitte) und seine proletarische Ledergang in ‹Der Wilde›.

Jimmy fuhr auch Rennen. In drei Rennen gewann er den ersten Preis: als er allerdings bei einem Zwei-Tages-Rennen nach zwei Drittel Führung von einem Profi auf die hinteren Plätze verwiesen wurde, erlitt er fast einen nervösen Zusammenbruch. Wettbewerb war wieder zur Leidenschaft geworden. Jimmy trainierte wie verbissen; binnen kurzem akzeptierten ihn Profi-Mitstreiter als kenntnisreichen Rennfahrer. Nach drei weiteren Rennen verbot ihm Warner Bros. die Teilnahme, weil die Dreharbeiten von ‹*Rebel*› beginnen sollten und das Sicherheitsrisiko zu groß wurde.

Verwandlung

Unmittelbar vor Drehbeginn zog sich Jimmy wieder völlig von seinen Freunden zurück und begann eine Verwandlung, die zielsicher zur Hauptfigur des neuen Films, dem unruhigen Jugendlichen

James Dean (Mitte) als ‹der Neue› im Kreis der mittelständischen College-Gang: der Clan der Müßiggänger in ‹Denn sie wissen nicht was sie tun›.

«Jim Stark», hinführte. Es konnte angehen, daß Jimmy nachts oder am frühen Morgen plötzlich irgendwo in Hollywood auftauchte – in abgetakelter Kleidung, schlecht rasiert, oftmals betrunken oder angepept von Pillen, die ihn wachhalten sollten. Bill Bast hatte den Eindruck, als wolle Jimmy die Figur «Jim Stark» so nachempfinden, daß er sich bewußt wieder der Situation völliger Verlorenheit und Zurückweisung aussetzte. «Was mich am *‹Rebel›* interessierte», sagte Jimmy, «war ein Gegenentwurf zu *‹Der Wilde›*. Ich bin losgezogen und hab rumgegammelt mit Jugendlichen in Los Angeles, bevor ich den Film machte. Einige von denen nannten sich sogar ‹die Wilden›. Sie trugen Lederjacken, hielten Ausschau nach jemandem, den sie mal ein bißchen ‹frisch› machen konnten. Das sind keine armen Jugendlichen. Viele von ihnen haben Geld, werden erwachsen und Stützen menschlicher Gemeinschaft! Junge», er schüttelte seinen Kopf leicht, «sie jagten mir Angst ein! Aber es ist ein kon-

Bye, bye Miss American Pie
Bin mit dem Chevrolet zum
Brunnen gefahren
doch der Brunnen war trocken
Die Kumpels trinken Whisky und Korn.
Sie singen: ‹Das wird der Tag, an dem ich sterbe.›
Glaubst du an Gott im Himmel,
wie's dich die Bibel lehrt?
Und glaubst du an Rock 'n' Roll?
Kann die Musik deine sterbliche Seele retten?
Kannst du mir auch beibringen,
wie man richtig langsam tanzt?
Ja, ich weiß, du bist in ihn verliebt,
denn ich hab gesehen, wie ihr in
der Turnhalle getanzt habt.
Ihr habt eure Schuhe in die Ecke geschleudert,
und ich mag diesen Rhythm' and Blues.
Ich war ein einsamer Teenager
mit einer rosa Nelke und einem Anhalterauto.
(Don McLean, ‹American Pie›)

struktiver Film. Er gibt den Jungs – jenen, die nicht nur die harten Typen sein wollen – etwas, womit sie sich identifizieren können.» Die Phase solcher Selbsterfahrung fiel mit der einzigen Phase seines Lebens zusammen, in der Jimmy einen Psychiater aufsuchte und bei ihm Antworten auf Probleme seiner Seele suchte, die ja auch die Seele von Jim Stark war. Wenig ist bekanntgeworden über diese Zeit – außer daß Jimmy wohl angedeutet bekam, wie wichtig die Rolle seines Vaters war. Tatsächlich ist die beste Szene in *‹Denn sie wissen nicht was sie tun›* die Auseinandersetzung mit einem schwachen Vater, der die Probleme seines Sohnes lieber unter den Tisch gekehrt sehen möchte. Die Wut und Verzweiflung, die diese Szene beherrscht, kommt tief aus Jimmys Innerem. Er hatte den Psychiater bald wieder aufgegeben, weil die Furcht vor kritischer Analyse – wie auch im Actors Studio – und der Wunsch, «das Geheimnis» als Quell der schöpferischen Kräfte zu bewahren, gleich groß waren. «Was immer auch in mir ist, was dafür sorgt, daß ich so bin wie ich bin – es ist wie mit dem Filmmaterial. Filmmaterial arbeitet nur im Dunkel. Reiß es auf, leg es offen und bring es ans Tageslicht – und du bringst es um.»

Der rote Blouson

Den anderen Mitspielern brachte Nicholas Ray ebensoviel Aufmerksamkeit entgegen wie seinem Star James Dean. Hunderte von jungen Leuten kamen zu den Vorsprechproben, schließlich wurden neun ausgewählt, die die Gang verkörpern sollten. Darunter waren der 19jährige Dennis Hopper und die 16jährige Natalie Wood, die bis dahin nur Kinderrollen gespielt hatte. Jeder Schauspieler mußte – völlig unüblich für Hollywood-Proben – Fragen über seine Eltern und das Verhältnis zu ihnen beantworten. In gemeinsamen Leseproben entwickelte das Team die Geschichte weiter: ließ eigene Vorstellungen und Klischees einfließen, vieles davon scheinbar banal. Die Gestaltung jedoch war liebevoll – wichtig war die innere Bewegung, die Echtheit des Gefühls. Die Schauspieler kauften sich ihre eigenen «Kostüme» in einem Warenhaus – nichts wurde extra angefertigt. Die Blousons, Nickis, Blue Jeans waren von der Stange. Jimmys roter Blouson war das Signal der Warnung, das sich jeder Jugendliche zulegen konnte.

März – Ende Mai 1955
Dreharbeiten zu *‹Denn sie wissen nicht was sie tun›*

Im März 1955 begannen die Dreharbeiten: schwarz/weiß, Cinemascope. Nach einer Woche sollte Nicholas Ray aus unerfindlichen Gründen – aus Kommunistenangst, Angst vor den Kirchen und ihrem Zensureinfluß? – die Dreharbeiten abbrechen: Als er allerdings den Film dann auf eigene Kosten drehen wollte und Jack Warner auf Befragung der Muster-Vorführer die Antwort erhielt, dies sei derzeit der einzige Film auf dem ganzen Gelände, der etwas tauge, durfte Nicholas Ray weiterdrehen. Diesmal aber in Farbe, denn man hatte im Vertrag mit dem Cinemascope-Erfinder einen Paragraphen gefunden, wonach nur in Farbe gedreht werden durfte. Nicholas Ray erzählte seiner jungen und engagierten Mannschaft nichts von dem Materialwechsel; er begründete die Wiederholung einiger Szenen mit «Kopierdefekten».

In der Eingangsszene zu *‹Denn sie wissen nicht was sie tun›* liegt Jimmy stockbetrunken auf dem Trottoir, eingerollt neben einem Spielzeugaffen, den er mit einem Stück Papier zudecken will. Diese Szene – der Prolog, in dem die Figur Jim Stark ohne große Umschweife eingeführt wird – ist das Ergebnis einer Improvisation und charakteristisches Beispiel für die Arbeitsweise in diesem Film.

Eine Schauspielerin beobachtete: «Wir hatten für diese Szene gar nichts ausgearbeitet. Jimmy sagte: ‹Laßt mich hier was machen; laßt mich einfach damit spielen. Laßt die Kamera nur laufen.› Er kam also um die Ecke, und alles war improvisiert, weil nichts geplant war.

Ich erinnere mich noch, daß wir an dem Tage 23 Stunden an einem Stück weggearbeitet hatten, damit wir das Licht der Dämmerung kriegten, und wir waren wirklich erschöpft. Aber wir blieben alle, so müde wir waren – setzten uns an den Rand und sahen zu, wie Jimmy die Szene machte. Und es war so schön, daß wir einfach *weinten.*»

Die Atmosphäre im Studio und bei den Außenaufnahmen war eine merkwürdige Mischung aus spielerischer Freude – Jimmy ließ keine Gelegenheit aus, der versammelten Mannschaft Parodien auf Kolle-

gen und Regisseure vorzuführen – und intensiver Anspannung. Bei der gefährlichen Messer-Duell-Szene unterbrach Nicholas Ray die Dreharbeiten, weil sich Jimmy eine kleine Verletzung am Ohr zugezogen hatte. «Jimmy wurde wütend, als Nick (Ray) die Szene unterbrach», sagte Dennis Hopper. «Er schrie Nick an: ‹Verdammt nochmal, was machst du? Siehst du nicht, daß ich einen *wirklichen* Moment zu fassen habe? Was denkst du Arschloch dir eigentlich, warum ich hier bin?›»

Die Dreharbeiten wurden in der letzten Maiwoche 1955 beendet. Nicholas Ray erinnert sich, daß es ihm und Jimmy besonders schwerfiel, die Dekoration und die Studios zu verlassen – so fruchtbar hatten sie die Freiheiten empfunden, die der eine dem anderen bei seinen Improvisationen ermöglichte. «Wir wollten es uns gegenseitig nicht eingestehen, daß es alles vorbei war. Ich sagte: ‹Laß uns gehen. Wir haben hier nichts mehr zu tun.›

Dean stieg auf sein Motorrad, und ich stieg in mein Auto, und wir rasten sehr schnell in die Stadt. Mit dem Motorrad auf dem Hollywood Boulevard fuhr er freihändig wie ein fliegender Engel, mit ausgebreiteten Armen, aufgerichtet, und brauste dann mit aufbrüllender Maschine los. Dann hielten wir an einer Verkehrsampel, um uns ‹Gute Nacht› zu sagen – und sogar dann konnten wir uns noch nicht eingestehen, daß alles vorbei war. Wir fanden ein Restaurant, das die ganze Nacht geöffnet hatte, und nahmen ein besonders frühes Frühstück ein.»

Jimmy verkehrte zu jener Zeit besonders gern in Künstlerkreisen, die leben wollten wie die französischen Existentialisten. Nächtelang veranstalteten sie sogenannte «Nachtwachen», in denen sie zentrale Lebensprobleme durchspielten. Ihr Wahlspruch war ein Satz aus einem Film von Nicholas Ray (‹*Knock On Any Door*›) – ein Satz, den Jimmy Dean am liebsten mochte: «LEB SCHNELL, STIRB JUNG UND SEI EIN GUTAUSSEHENDER LEICHNAM.»

‹*Denn sie wissen nicht was sie tun*› wurde im Oktober 1955 in die amerikanischen Kinos gebracht – vier Tage nach James Deans Tod.

Dean in der Eingangsszene zu ‹Denn sie wissen nicht was sie tun›.

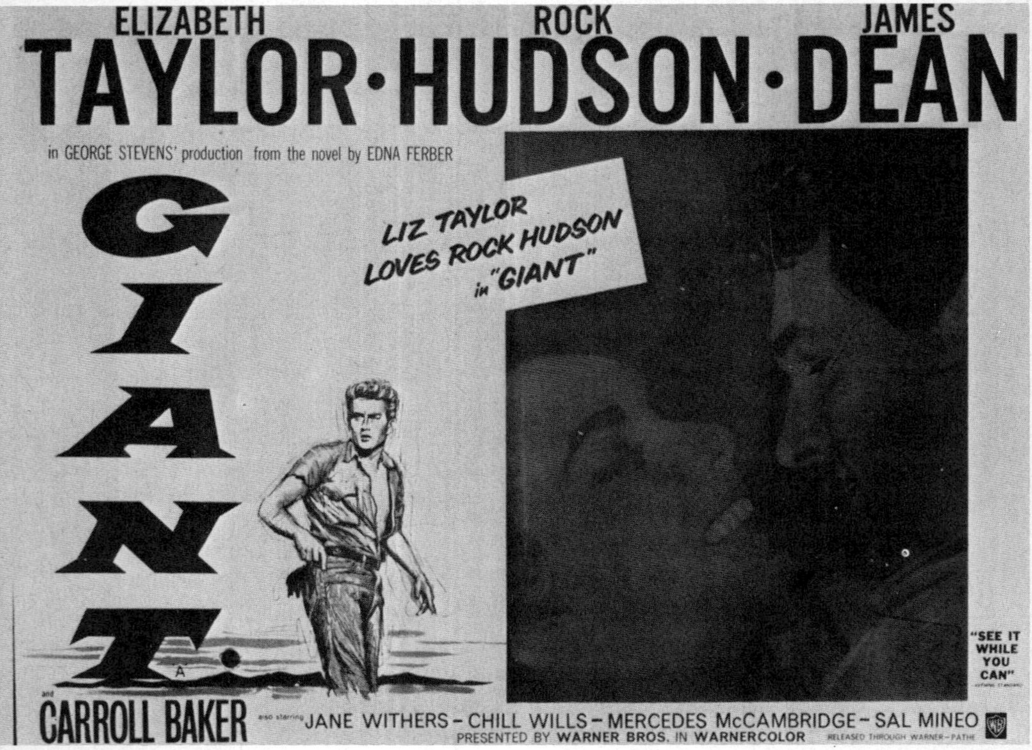

Dem Geschwisterpaar Bick und Luz Benedict gehören Tausende von Hektar Land in Texas – Weiden für eine unübersehbare Menge Vieh. Inmitten einer endlosen Weite steht ein gotisches Horrorschloß – das Familienhaus der Benedicts und ihrer Farm ‹Reata›. Bick verliebt sich bei einem Besuch im ‹kultivierten› Virginia in Leslie, die Tochter eines Gutsbesitzers. Die beiden heiraten, und Bick bringt Leslie nach Texas. Jett Rink (James Dean) ist einer der Hilfskräfte auf Reata. Seine Manieren passen Bick nicht, aber seine Schwester Luz fördert Jett Rink. Als Luz versucht, das aus Virginia mitgebrachte Pferd einzureiten, wird sie getötet. In ihrem Testament hat sie Jett Rink ein kleines Stück Land vermacht, das Bick sofort zurückkaufen möchte. Doch Rink bleibt hartnäckig. Er hat sich in Leslie verliebt und will sich ihr gegenüber beweisen. Er baut einen hölzernen Ölförderturm, der von allen belächelt wird. Schließlich wird er fündig – und kann, von Öl überströmt, die Clique der selbstgerechten Viehbarone sprengen. Er wird zum Öl-Millionär. Nach und nach gelingt es ihm, das Benedict-Land aufzukaufen.
Am Schluß des Films ist er ein alter, reicher Mann, der zwar alles besitzt, aber seinen wirklichen Traum nicht erreicht hat: Bick Benedict zu vernichten und mit Leslie zusammenzusein.

Der Film *‹Giganten›* sollte ein Mammutfilm werden. George Stevens und seine Drehbuchautoren hatten bereits seit 1953 an den Vorbereitungen gearbeitet. Vorlage war ein Buch von Edna Ferber. Die Romanautorin hatte in weitausholendem Bogen den Aufstieg und Fall einer Farmersfamilie in Texas beschrieben – vor dem Hintergrund der ersten 50 Jahre dieses Jahrhunderts.

Juni – 22. September 1955
Dreharbeiten zu *‹Giganten›* in Hollywood und Texas

James Dean in der Rolle des Aufsteigers Jett Rink war auf den ersten Blick nicht der deftige «Kuh-Junge», der sein Ziel so unerbittlich verfolgt – Mitbewerber bei der Rolle waren die eher stämmigen Schauspieler Richard Burton und Alan Ladd gewesen (Alan Ladd hatte unter George Stevens in dem Western *‹Mein großer Freund Shane›* gespielt). Stevens war jedoch daran interessiert, die Elemente des Außenseiters stärker herauszuarbeiten und seiner Sucht, aufzusteigen und dabei alle zu vernichten, die sich ihm vorher in den Weg gestellt hatten. Der Film hat tatsächlich seine stärksten Momente, wenn Dean in der Sinnlichkeit seines Einzelkämpfertums – schweigend beobachtet er das Haus der Benedicts, verbissen wühlt er im öligen Schlamm, sein Häuschen (in das er Elizabeth Taylor hineinbittet) sieht aus wie seine Wohnung in New York – das hölzerne Spiel von Rock Hudson und den klischeehaften Aufbau vergessen macht. Aber auch Dean ist letztlich – wie der gesamte Film – nur dem Ausgangskonzept eines Regisseurs eingepaßt.

«Ich bin keine Maschine»

Zu viele Anweisungen, zu wenig Improvisation. Damit wird schon deutlich, welche Auseinandersetzungen Jimmy Dean mit George Stevens führen mußte. Stevens war kein Regisseur, der seine Filme um Schauspieler herumbaute. Schauspieler waren für ihn nur Bestandteile eines umfangreichen Systems, in dem die Kameras und die Aufbauten letztlich vorherrschten. Er ließ beispielsweise jede Szene aus allen möglichen Winkeln drehen (was natürlich einen hohen Materialverbrauch zur Folge hatte), um den endgültigen Aufbau der Szene dann am Schneidetisch zu bestimmen. Jimmy war nicht der Mittelpunkt, sondern nur ein weiterer Bestandteil eines aufwendigen Apparats. Als Jimmys Taktiken, Aufmerksamkeit zu erregen – er kam mit Verspätungen, wollte Improvisationen ausspielen –, bei George Stevens nicht fruchteten, baute sich eine ungeheure Spannung auf.

Jimmy akzeptierte nicht, daß er den ganzen Tag am Drehort zu sein hatte, auch wenn er nur eine kurze Szene oder möglicherweise gar keinen Auftritt haben würde. Schließlich, so hieß es immer wieder bei Rückfragen, entscheide der Regisseur, ob noch etwas gemacht werden müsse. Als Jimmy an einem Tag überhaupt nicht eingesetzt wurde, kam er am nächsten Tag nicht mehr zum Drehen. Daraufhin drohte George Stevens, er würde James Dean aus Hollywood rausschmeißen (nach Beendigung des Films), und der Fall wurde dem Patriarchen und Studiochef Jack Warner vorgetragen.

Alle drei stritten sich eine Stunde. Dann, so Dennis Hopper, sagte Jimmy Dean: «Sind Sie fertig? Nun lassen Sie *mich* mal was sagen. Ich bin keine Maschine. Ich arbeite hier möglicherweise in einer Fabrik, aber ich bin keine Maschine. Ich bin die ganze Freitagnacht aufgeblieben, um diese Szene zu machen. Ich habe mich *die ganze Nacht* auf diese Szene vorbereitet. Als ich kam, war ich bereit zu arbeiten, und Sie haben mich nur den ganzen Tag lang rumsitzen lassen. Ist Ihnen überhaupt klar, daß ich meine Gefühle lernen muß? Daß ich mit meinen Sinnen arbeiten muß – mit meinem Blick, meinem Gehör, meinem Geruch, meinen Berührungen? Wer sagt mir, da ich ja nun schon Ihretwegen jeden Tag rumsitzen muß, ob ich das nächste Mal nicht sogar zwei Tage rumsitzen muß? Dann drei, dann vier? Sie bezahlen dafür. Und Sie werden mich *nicht* davon abhalten, daß ich arbeiten kann. Nun lassen Sie uns zum Drehort zurückgehen.»

George Stevens verstand diese Art der Vorbereitung nicht – die *Actors-Studio*-Methode war ihm fremd. Hedda Hopper wurde alarmiert, um zwischen den beiden zu vermitteln. Sie machte Jimmy Dean klar, welche finanziellen Risiken Stevens auf sich genommen hatte, um den Film selbst zu produzieren. Jimmy Dean willigte ein, sich weitgehend zurückzuhalten. Wann immer jetzt Stevens Dean an den Drehort holte – ob in Hollywood oder bei den mehrwöchigen Außenaufnahmen in Texas –, Jimmy brauchte nicht mehr herumzulungern.

George Stevens hat später zugegeben, daß er möglicherweise James Dean nicht gerecht geworden sei; die Spannungen zwischen ihnen rührten jedenfalls nicht aus dem mangelnden Verständnis her, sondern nur aus einer anderen Auffassung von Filmarbeit. Stevens hielt Jimmy für einen Jüngling, der ‹*Giganten*› um jeden Preis mit *seinen* Tagträumen erweitern wollte – gegen den Widerstand des Regisseurs. «Ich hab immer gemerkt, daß er ein verstörter Junge war, der auf ein unberührbares Feuerzeichen in sich selbst unglaublich eingeschworen war, und weder er noch irgend jemand sonst würde je herausfinden, was das war. Das spürte ich, denn wenn er mal ruhig und nachdenklich wurde – so als würde er von innen heraus auf einen Traum zurückgezwungen –, dann erleuchtete eine merkwürdige und unbewußte Zartheit seinen Ruhezustand. In solchen Augenblicken – und weil ich wußte, daß er von klein auf mutterlos war und viel Liebe entbehrt hatte ... – wurde mir klar, daß er immer noch auf verlorene Zärtlichkeit wartete.»

Von den anderen Schauspielern – außer Elizabeth Taylor, Dennis Hopper und Sal Mineo – wurde Jimmy wenig Verständnis entgegengebracht. Rock Hudson beispielsweise machte sich über die Methode der Vorbereitung lustig: «Bevor er am Drehort erschien, wärmte er sich gewöhnlich auf wie ein Sportler vor dem Wettkampf. Er trat niemals in das Schußfeld der Kamera, ohne vorher in die Luft gesprungen zu sein, mit den Knien unter dem Kinn, oder mit voller Geschwindigkeit auf dem Schauplatz herumzulaufen und dabei schrille Schreie auszustoßen, wie ein Vogel, der verfolgt wird.»

Noch weniger Verständnis fand Jimmy bei den Technikern, die

Der letzte Drehtag, die letzte Szene: Der alte Jett Rink (James Dean) schläft betrunken ein. Unten: Dennis Hopper und Peter Fonda in ihrem gemeinsamen Film ‹Easy Rider› (1968).

Verschleppung und Wartezeiten bei Dreharbeiten nicht tolerierten. Als er eines Morgens einer Verspätung wegen sich entschuldigte und keiner darauf reagierte, sagte Jimmy in das kalte Schweigen hinein: «Vielleicht sollte ich besser zum Mond fahren.» «Wir helfen dir beim Packen», ergänzte eine Stimme aus dem Hintergrund. In den folgenden Monaten wurde er weitgehend geschnitten. Die Techniker spendeten zwar manchmal seinem Spiel Beifall, mieden ihn aber sonst. Diese Reaktion verletzte Jimmy sehr und verunsicherte ihn stärker, als er zugeben mochte.

In Hollywood konnten Regisseure – die großen alten Männer – nicht akzeptieren, daß manche ihrer Schauspieler sich für die besseren Regisseure hielten. Was in den sechziger und siebziger Jahren im Zuge des «Neuen Amerikanischen Kinos» zur Selbstverständlichkeit geworden ist, nämlich daß Schauspieler auch Regie führen können, war 1955 eine ganz außergewöhnliche und verrückte Idee. Dennis Hopper, der später mit ‹*Easy Rider*› (1968) einen so einflußreichen Film als Regisseur *und* Darsteller gemacht hat, war der einzige, der Jimmys Wünsche verstand und ernst nahm. Er meinte auch, daß Jimmy – hätte er eigenständig arbeiten dürfen – eine sehr viel frühere Erschütterung des verkrusteten Studiosystems hätte herbeiführen können. Hopper sagt heute, daß die einzige Lehrer-Schüler-Beziehung, die er je akzeptiert habe, seine Freundschaft zu Dean gewesen sei. Dean habe alle seine Szenen sorgfältig beobachtet und ihn – während der Mustervorführungen – immer wieder auf Fehler aufmerksam gemacht. George Stevens bezeichnete Hopper 1955 als «besonders heißes Talent». Dafür wurde Hopper seiner «Allüren» wegen denn auch sehr schnell auf die «Schwarze Liste» gesetzt und durfte fast zehn Jahre in keinem Film mitwirken. Nach dem Erfolg von ‹*Easy Rider*› und dem Mißerfolg von ‹*The Last Movie*› ist ihm 1970 das gleiche widerfahren. Sieht man ihn heute spielen – in Filmen wie ‹*Tracks*› und ‹*Regel ohne Ausnahme*› – kann man sich in etwa vorstellen, wie James Dean mit vierzig Jahren gespielt und uns beeindruckt haben würde.

Als die Mannschaft in Texas drehte, zog sich Jimmy nach den Dreharbeiten immer wieder mit seinem texanischen Lehrmeister

Bob Hinkle zurück, der seine Lassotricks (die er bereits 1951 mit Ted Avery erlernt hatte) vervollkommnete. Elizabeth Taylor, damals erst 23 Jahre alt und «Hollywoods Königin», verhielt sich Jimmy gegenüber wie eine Schwester. Sie war in ihrer Verständnisbereitschaft genauso wichtig für ihn wie seine vorherigen Partnerinnen Julie Harris und Natalie Wood. Wirklich nervös wurde Jimmy erst, als er sich gezwungen sah, die erotischen Momente dieser Beziehung im Spiel auszuagieren. Eine der gelungenen Schlüsselszenen von *‹Giganten›* ist jener Moment, da Jimmy auf seinem hölzernen Ölturm sitzt, einen Schuß aus dem Gewehr abgibt und Leslie Benedict zu einem Tee in seine Hütte einlädt. Dennis Hopper erinnert sich: «Jimmy machte seine erste Szene mit Elizabeth Taylor, und es war das erste und das letzte Mal, daß ich ihn nervös am Drehort erlebte ... Er war so steif, daß er kaum die Worte rausbekam. Nun, da waren viertausend Leute, die die Szene aus etwa neunzig Metern Entfernung beobachteten – Einwohner und Besu-

‹Giganten›: Jett Rink (James Dean) trifft Leslie Benedict (Elizabeth Taylor).

cher; und ganz plötzlich drehte sich Jimmy zu ihnen und ging auf sie zu. Er legte die Hälfte des Weges zurück, machte den Reißverschluß seiner Hose auf, holte seinen Schwanz heraus, pißte, ließ abtropfen, schloß den Reißverschluß und ging zurück in die Szene. Ich hatte ihn wirklich schon bei ganz verqueren Sachen beobachtet, aber das war das allerverrückteste. Und als ich ihn fragte, warum, sagte er, er stelle sich vor, wenn er sowas vor viertausend Leuten machen könne, dann könne er sich auch umdrehen und mit Liz Taylor alles Erdenkliche vor der Kamera machen.»

Suche

Eine wichtige intellektuelle Bekanntschaft machte Jimmy am Drehort mit dem Standfotografen Sanford Roth und seiner Frau Beulah. Beide hatten viele Jahre in Europa gelebt. Sie erzählten Jimmy so anschaulich von den Städten und den Menschen, die sie kannten, daß Jimmy nach Abschluß der Dreharbeiten unbedingt nach Europa wollte. Die Roths waren so etwas wie neue Eltern für Jimmy – und inmitten der Einöde und auch der Ablehnung durch die anderen ersetzten sie ihm die mangelnde Zuwendung und die intellektuelle Anregung, die er in New York bei so vielen Freunden gefunden hatte.

Spätsommer 1955
Freundschaft mit Ursula Andress

Zurück in Hollywood hatte Jimmy eine kurze Affäre mit der Schweizer Schauspielerin Ursula Andress, die ihm deshalb so gefiel,

weil sie etwas vom europäischen Flair ausgeflippter Künstler transportierte und Jimmy mit Widerstand entgegentrat, wo sich andere Frauen unterdrücken ließen. Die Schauspielerin Maila Nurmi, die zum Kreis der «Nachtwachen»-Freunde gehörte, sagt über Jimmys Zustand im September 1955: «Gegen Ende von ‹*Giganten*› schnitt er wirklich alle privaten Beziehungen ab – ausgenommen zu Ursula Andress, solange diese Geschichte noch lief. Er war zurückgezogen und überwiegend selbstgenügsam, sein neues Zuhause im San Fernando Tal war in Hollywood bekannt als sein ‹Kloster der Abgeschiedenheit›. Seine freie Zeit verbrachte er mit Tonmodellieren unter der Anleitung der Bildhauerin Pegot Waring; er dachte über Sportwagen und Motorräder nach; er verbrachte seine Zeit mit Büchern und Platten in seinem dreckigen Studio.»
Gegen Schluß der Dreharbeiten hatte Elizabeth Taylor Jimmy ein Geschenk gemacht: eine kleine siamesische Katze, die Jimmy – wie seinen Neffen in Fairmount – «Marcus» taufte. Plötzlich hatte er Verantwortung, wenn auch nur für ein Tier. Nicholas Ray erinnert sich, Jimmy völlig aufgelöst und in Panik bei sich zu Hause angetroffen zu haben, weil er nicht genau wußte, wie er nun die Katze versorgen und pflegen sollte. Er hielt sich an die Anweisungen in einem Buch über Katzenpflege. Siamesische Katzen, so las er, gelten als besonders neurotisch. Irgendwann wurde es ihm zuviel. Jimmy erzählte dem Ehepaar Roth: «Vielleicht geh ich eines Abends außer Haus und komme nicht wieder. Was würde dann mit Marcus geschehen?» Dean verschenkte die Katze an eine Freundin.
Am 22. September 1955 hatte Jimmy seinen letzten Drehtag für ‹*Giganten*› – die Party für den alten Jett Rink. Am 27. September wurde er ins Studio gerufen, um sich die Muster anzusehen. Er kam zu spät, sah, daß die Anwesenden ergriffen waren, und zeigte sich zufrieden. Vor dem Vorführraum verabschiedete sich Jimmy von George Stevens, der in den kommenden sechs Monaten den Film schneiden wollte. «Da es ja nun alles vorbei ist, müssen wir uns nicht mehr gegenseitig ärgern. Ich kann wieder zurück zu meinen Autorennen.» Jimmy fuhr fort in dem neuen Porsche, den er sich in dieser letzten Septemberwoche gekauft hatte. Ein «Spyder».

Das letzte Foto, das von Jimmy existiert. Der Fotograf Sanford Roth schoß ‹Little Bastard› – den Porsche ‹Spyder› – auf dem Weg nach Salinas. Neben Jimmy der deutsche Mechaniker Rolf Wütherich.

Highway

Jimmys plötzlichen und dennoch vorhersehbaren Tod umgeben so viele Legenden und Märchen, daß es besser ist, die Spekulationen zu meiden und die Geschichte so zu erzählen, wie sie sich höchstwahrscheinlich ereignet hat.
Ein Lieblingsbuch von James Dean war ‹*Tod am Nachmittag*›, Ernest Hemingways Buch über Stierkämpfer. Jimmy hat in dem Buch viele Stellen mit rotem Stift markiert, die sich mit dem Tod befaßten. «Der einzige Ort», schreibt Hemingway, «an dem man Leben und Tod sehen konnte, das heißt gewaltsamen Tod – jetzt, da die Kriege vorbei waren –, war in der Stierkampfarena.» Im Buch lag auch ein Ausschnitt aus einem mexikanischen Magazin, das den Tod eines Stierkämpfers beschrieb. Dazu hatte Jimmy ein Gedicht von Federico Garcia Lorca abgetippt, das einem toten Stierkämpfer gewidmet ist. Eine Strophe ging so:

> Um fünf am Nachmittag
> es war genau fünf Uhr am Nachmittag
> brachte ein Junge das weiße Tuch
> um fünf am Nachmittag.

Jimmy hatte sich immer wieder mit dem Tod beschäftigt – dazu saß die Erinnerung an den Tod seiner Mutter zu tief in ihm. Es ist gewagt, daraus einen generellen Todeswunsch abzuleiten. Man kann nur feststellen, daß Jimmy rückhaltlos lebte. Er hatte nicht das Gefühl, etwas aufsparen zu müssen, – jenes Spargefühl, das ein Beweis dafür ist, daß Menschen ihren Tod möglichst lange rausgeschoben wissen möchten und mit dem Leben kalkulieren wie mit einem Rechenbuch.
Ein Lieblingsfoto von Jimmy war der Moment des Todes von einem spanischen Soldaten im Spanischen Bürgerkrieg.
Jimmy verbrachte die Nacht vor der Hinrichtung der angeblichen

Atomspione Julius und Ethel Rosenberg mit der Lektüre eines Gedichts von Oscar Wilde, der seiner Homosexualität wegen in das Gefängnis von Reading eingesperrt worden war: die Ballade vom Reading-Gefängnis.
Jimmy kannte den Tod.

Tod in der Abenddämmerung – Tod in einem Porsche

Die Agentin Jane Deacy hatte neue Verträge für Jimmy abgeschlossen; nach einer kurzen Pause, die er für Autorennen nutzen wollte, sollten im Oktober ein NBC-Fernsehspiel aufgezeichnet werden und die Vorbereitungen für die verfilmte Lebensgeschichte des Boxers Rocky Graziano beginnen: ‹*Somebody Up There Likes Me*› (Jemand da oben mag mich). Als weiteres Projekt war die Geschichte von Billy The Kid vorgesehen, ‹*The Left Handed Gun*›. In den späteren Filmen übernahm Paul Newman Jimmys Rollen.
Die Zukunft sah rosig aus. Jimmy selbst wollte die Zeit nicht so vollstopfen; er spielte mit der Idee, entweder nach Europa zu gehen, Skulpturen im Gran Canyon zu modellieren oder ein Jahr lang nur Rennen zu fahren.
Er hatte sich vorgenommen, am letzten September-Wochenende ein Rennen in Salinas zu fahren. Sein Mechaniker – der Deutsche Rolf Wütherich – bereitete den neuen 6000-Dollar-Porsche Spyder für das Rennen vor. Gemeinsam fuhren sie das Auto ein. Onkel Marcus und Tante Ortense, die vorübergehend bei Jimmys Vater in Santa Monica zu Besuch waren, sollten den Rennwagen ebenfalls ausprobieren. Am Donnerstag, zwei Tage vor dem Rennen, fand Jimmy, daß der Wagen immer noch nicht genügend eingefahren sei. Er schlug Rolf Wütherich vor, statt eines Transportes den Porsche selber hinzufahren. Die Rennummer 130 wurde an die Türen des Porsche gepinselt, und Jimmy schrieb – ganz impulsiv – noch einen Spitznamen daneben: *Kleiner Bastard*. Jimmy wollte bereits Donnerstagabend losfahren, aber das Wetter an der Küstenstraße war nicht günstig.

Freunde konnte er nicht erreichen – alle hatten zu tun. Jane Deacy war wieder in New York; Bill Bast bereitete ein Fernsehspiel vor, bei dessen Finanzierung Jimmy geholfen hatte; Leonard Rosenman, mit dem sich Jimmy in der letzten Zeit häufiger gestritten hatte, stellte die Musikaufnahmen zu ‹*Denn sie wissen nicht was sie tun*› fertig; Nicholas Ray war in London. Nur Sanford Roth und ein anderer Autonarr, Bill Hickman, wollten mitkommen.
Freitag morgen, den 30. September 1955, war Jimmy in glänzender Stimmung. Rolf Wütherich checkte ein letztes Mal die Zündkerzen und den Öldruck. Der Porsche wurde vorerst auf den Anhänger eines Fords gefahren. Gemeinsam mit Jimmys Vater Winton und Großvater Charlie Dean aßen die vier um 12 Uhr im «Farmer's Market» in Hollywood zu Mittag – einer Sammlung von kleinen Verkaufsständen und teilweise offenen Restaurants.
Um 13.30 Uhr holten Jimmy und Rolf Sanford Roth und Bill Hickman ab. Alle freuten sich auf die Fahrt an der Küste entlang, auf das Rennen und ein Wochenende in San Francisco. Jimmy entschied sich nun endgültig dafür, den Porsche vom Anhänger herunterzuholen und gemeinsam mit Rolf vorauszufahren. Roth und Hickman fuhren den Transporter.
Die Fahrt begann. Ein erster Imbiß gegen 15 Uhr. Rolf Wütherich machte Jimmy auf Eigenarten des Spyder aufmerksam. Er solle nicht fahren, als müsse er gewinnen; er solle fahren, um Erfahrungen zu sammeln. «Fahr nicht zu schnell.» Jimmy gab nach. Er lachte und freute sich im gleichen Augenblick, daß Wütherich um ihn besorgt war. «Er zögerte für einen Moment. Dann zog er einen Ring von seinem Finger. Es war kein kostbarer Ring – nur ein kleines Souvenir, das er irgendwo mitgenommen hatte, aber ich wußte, daß er eine gefühlsmäßige Bindung an diesen Ring hatte. Er gab ihn mir.
‹Warum?› fragte ich.
‹Ich wollte dir was geben›, sagte er. ‹Um zu zeigen, daß wir Freunde sind, Rolf.› Ich war gerührt. Der Ring paßte gerade auf meinen kleinen Finger. Meine Hand war viel größer als Jimmys.
Jimmys Fahrweise war wie die der besten in Europa. Wenn er fuhr, fuhr er mit ganzem Herzen.»

Für einige Minuten hielten sie an, weil Wütherich die Maschine kontrollieren sollte. Sanford Roth und Bill Hickman kamen nach und warnten Jimmy, er sei zu schnell. Sie würden ihn – bei ihren 100 km/h in der Stunde – kaum noch sehen können. Die Straße sei außerdem gefährlich und kurvenreich.
Um 15.30 bekam Jimmy von einem Polizisten auf dem Highway einen Verweis für zu schnelles Fahren. Er hatte die Geschwindigkeitsbegrenzung nicht eingehalten. Sanford Roth bekam ebenfalls eine polizeiliche Verwarnung mit Geldstrafe.
Um 17 Uhr trafen sie sich zu einer Kaffeepause in «Blackwell's Corner» – dort, wo sich die Highways 466 und 33 kreuzen. Alle waren dankbar für die Unterbrechung, weil die Strecke monoton geworden war. Jimmy kaufte eine Tüte Äpfel, rief den anderen «Non Stop bis Paso Robles» zu und ließ den Motor aufheulen.
Der Highway 466 war völlig leer. Jimmy drückte auf das Gaspedal. Es war kurz nach 17 Uhr. Die Sonne, ein riesiger Feuerball, schien Jimmy und Rolf direkt in das Gesicht. Es war noch immer relativ heiß, und die Straße zerfloß in der Ferne. Auf beiden Seiten der Straße Wüste.
17.30 Uhr. Jimmy fuhr über 160 km in der Stunde. Die Dämmerung setzte ein. Die Straße wurde grau im Zwielicht, leer und flach. Rolf Wütherich wurde schläfrig und nickte ein. Sie hatten kaum miteinander gesprochen. Einige Minuten später näherten sie sich der Kreuzung von Route 466 und 41 in Cholame. Ein Ford, der auf der entgegenkommenden Straßenseite fuhr, bog links ein. Der Fahrer – ein 23jähriger Student aus Tulare in Kalifornien, sein Name Donald Turnupseed – sah kein anderes Auto weit und breit und bog deshalb ab.
Jimmy sagte zu Rolf Wütherich: «Der Kerl da muß anhalten; der muß uns doch sehen.»

30. September 1955
James Dean verunglückt tödlich mit seinem Porsche auf dem Highway 466

Um 17.45 Uhr war James Byron Dean tot.
Nur wenige Augenblicke nach dem Zusammenstoß kamen Sanford Roth und Bill Hickman an der Unfallstelle an. Der Porsche hatte die Seite des Fords gestreift und war wie ein Riesenknäuel seitlich der Straße aufgetürmt. Der Ford war relativ geringfügig beschädigt.

Das Autowrack – später von einem Sammler aufgekauft und zum Ausstellungsstück gemacht.

Der Student stand hilflos stotternd daneben. Rolf Wütherich war aus dem Auto herausgeschleudert worden; er kam mit Verletzungen davon. Jimmy Dean saß tot in seinem Fahrersitz – der Aufprall hatte ihm das Genick gebrochen. Die Ambulanz, die bald darauf eintraf, konnte nichts mehr retten.
Die Nachricht verbreitete sich wie ein Lauffeuer: Der Polizist Captain Tripke, der den Unfallort gesehen und den Krankentransport veranlaßt hatte, wurde von Telefonanrufen bestürmt. James Dean? Er hatte von diesem jungen Mann noch nie gehört.
Unmittelbar nach Jimmys Tod begannen die wildesten Spekulationen über den entscheidenden Moment des Unfalls: ob der Fahrer

Turnupseed Jimmy nicht gesehen hatte oder ob er gedacht hatte, Jimmy würde langsamer fahren, oder ob er mutwillig auf der Kreuzung angehalten hatte oder ob Jimmy der Fuß vom Pedal gerutscht sei etc. Gewagte Theorien wurden entwickelt, wonach Jimmy gar nicht gestorben sei, sondern von seiner Filmfirma in einer Anstalt versteckt worden sei – weil ihn keiner mehr wiedererkennen würde. Sieht man von allen Todeswünschen und merkwürdigen Zufällen ab, so ist – so brutal das klingen mag – James Byron Deans Tod nur der Tod eines Durchschnittsamerikaners. Einer von denen, die Jahr für Jahr im Straßenverkehr aus Fahrlässigkeit sterben, ähnlich wie in der Bundesrepublik. 1955 starben in Amerika 38 300 Amerikaner bei Unfällen auf der Straße. Jimmy war einer von ihnen.

In derselben Nacht noch wurde Jimmy Deans Körper von seinem Vater Winton Dean im Leichenschauhaus von Paso Robles identifiziert. In Hollywood war die Nachricht schon am Abend herum. Elizabeth Taylor brach zusammen und wurde in ein Krankenhaus eingeliefert. Barbara Glenn sagte nur: «Ich wußte, daß es kommen würde. Es ist keine Überraschung für mich. Dies Entsetzen hab ich schon tausendmal vorher gehabt.» Bill Bast bekam einen Anruf von einer Freundin. Natalie Wood und Jo van Fleet waren in New York und bereiteten die «Live»-Fernsehsendung von *‹Heidi›* vor – sie waren schockiert, konnten es nicht fassen. In Indiana las man in der Zeitung: «Mann aus Fairmount stirbt bei einem Autounfall im Westen.» Marcus und Ortense erfuhren es erst, als sie von ihrer Reise nach Santa Monica zurückkamen.

Vier Tage nach Jimmys Tod begleitete Winton Dean den Sarg mit dem Leichnam seines Sohnes nach Fairmount. Dreitausend Leute, eintausend mehr als Fairmount Einwohner hatte, wohnten der Beerdigung bei. Der Gottesdienst fand in der Back Creek Friends Church, nicht weit von der Winslow-Farm entfernt, statt. Sechs Klassenkameraden von Jimmy trugen seinen Sarg. Neben seiner Mutter wurde Jimmy beigesetzt – ein schlichter Grabstein, heute fehlen zwei Buchstaben in seinem Namen.

Warner Bros. war ängstlich, den Film *‹Denn sie wissen nicht was sie tun›* auf den Markt zu bringen. Premiere war am 3. Oktober 1955, drei Tage nach Jimmys Tod. Die Kritiken waren zurückhaltend, wenngleich Jimmys Leistung überall gewürdigt wurde. Sein Bild in diesem Film – der Rebell – wurde als Botschaft an die Jugendlichen begriffen.

3. Oktober 1955
Kino-Premiere von *‹Denn sie wissen nicht was sie tun›*

Tatsächlich begann etwas, womit keiner gerechnet hatte. Wo immer der Film gezeigt wurde, fanden in den nächsten Wochen eigenartige Ehrungen für den toten Helden statt: Dennis Hopper berichtete davon, daß überall Reifen aufgeschlitzt wurden, Messerwettkämpfe stattfanden und Mutproben wie der «chickie run» abgehalten wurden. Ein Kult begann.

John Dos Passos schrieb im Magazin *‹Esquire›* 1958:

Eigentlich gibt es nichts, was toter wäre als ein toter Schauspieler,
und doch,
obwohl James Dean nun schon ein paar Jahre tot war,
bauten sie sich immer noch auf,
sobald sie sich aus der engen Dunkelheit und
der verbrauchten Luft von Vorstadtkinos gelöst hatten;
sie hatten die alten Filme von James Dean gesehen:
die Jungs in den schwarzen Stiefeln und den Lederjacken,
die Jungs in den hautengen Jeans,
die Jungs mit den breiten Motorradgürteln.
Sie bauten sich auf vor den Spiegeln der Klos,
um sich selbst zu betrachten
und James Dean zu sehen;
das widerspenstige Haar,
die tiefen Augen, die in Einsamkeit wassern,
der bittere Blick der Geschlagenen,
Verachtung auf den Lippen.
Die Taschenkämme waren draußen; sie toupierten ihr Haar und
drückten es sofort wieder flach;
sie machten ihren Augen im Spiegel große Augen,
spöttisch schmollende Lippen,
verlorene Typen, die in sich selbst verliebt sind
gerade so wie James Dean.

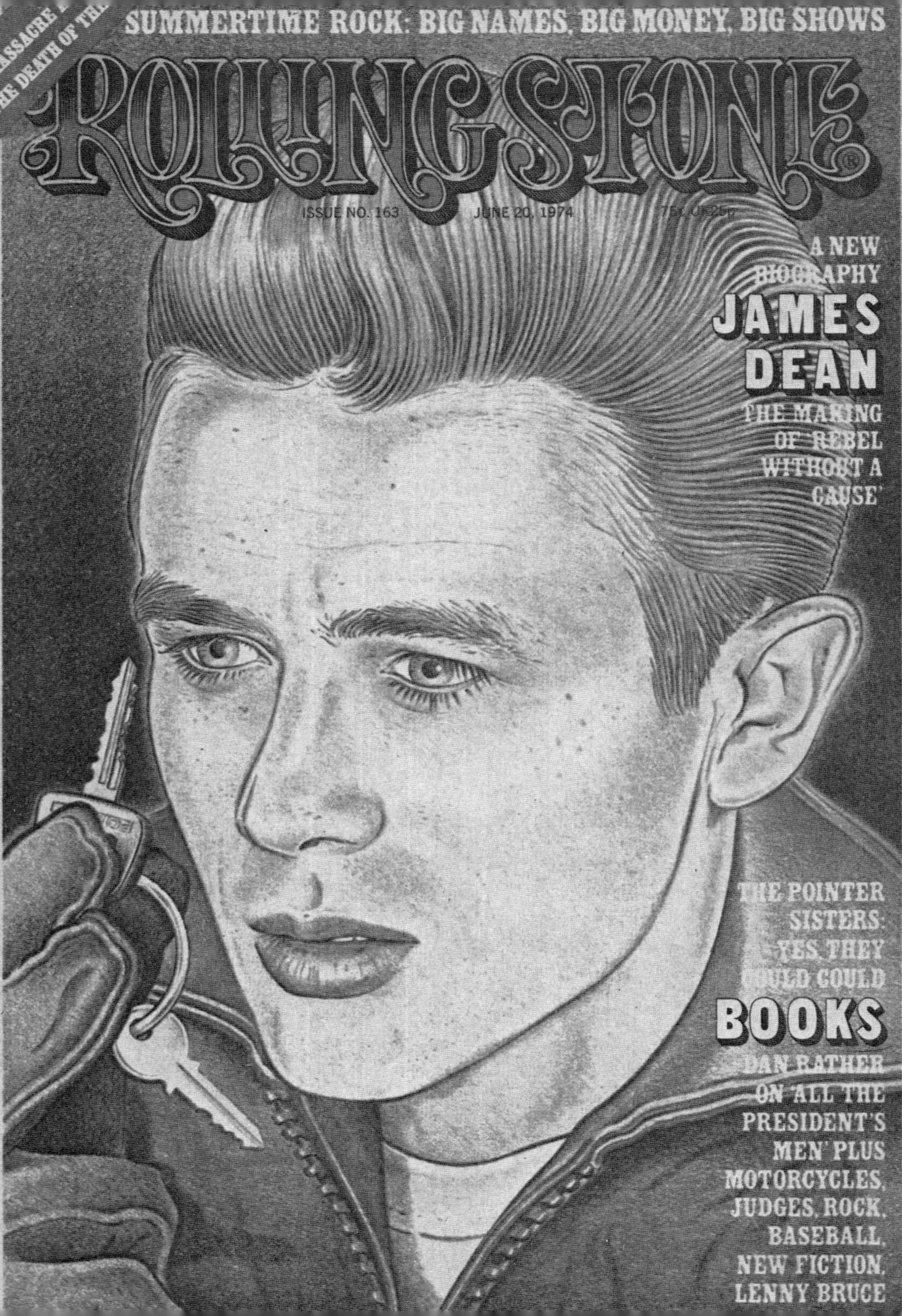

MASSACRE
THE DEATH OF THE
SUMMERTIME ROCK: BIG NAMES, BIG MONEY, BIG SHOWS
ROLLING STONE
ISSUE NO. 163
JUNE 20, 1974
A NEW BIOGRAPHY
JAMES DEAN
THE MAKING OF 'REBEL WITHOUT A CAUSE'
THE POINTER SISTERS: YES, THEY COULD COULD
BOOKS
DAN RATHER ON 'ALL THE PRESIDENT'S MEN' PLUS MOTORCYCLES, JUDGES, ROCK, BASEBALL, NEW FICTION, LENNY BRUCE

Wir alle sind Geschwister von James Dean oder: Hollywood ist auch Eden und Eden ist in jedem

Die Sache mit James Byron Dean ist geheimnisvoll. Du mußt Dir das so vorstellen: Ein Film läuft ab, der junge Mann kämpft mit sich selbst und will herausfinden, wer er ist. Plötzlich blockiert der Projektor, und der Film wird nicht weitertransportiert. Die Perforation – die seitlichen Löcher am Filmstreifen – ist gerissen; ein Standbild hat sich festgerastet. Aber etwas Merkwürdiges passiert: Das Bild brennt nicht aus, die Hitze des Projektors vernichtet das Bild nicht. Alles ist klar zu sehen: das Gesicht, die Haltung, kurzsichtiger prüfender Blick. Ein eigenartiger Moment der Wahrheit inmitten des Lügengeschäfts und auch der Lügen, auf die die Gesellschaft sich größtenteils baut.

Die Wahrheit dieses Moments ist eingefroren – sie kann beliebig oft vorgezeigt werden, überall auf der Welt. 1958 genauso wie 1978 oder 1988. Die Kostüme altern, aber die Haltung bleibt: Verachtung und Hoffnung. Jimmy Dean starb im «richtigen» Augenblick.

Diese Gesellschaft, auch die Filmindustrie, verlangt «Erwachsensein». Rebellion und jener Narzißmus, der nur von Lust an sich selbst, nicht aber von der «Lust» an der Arbeit spricht, dürfen auf Dauer nicht bewahrt werden. Hier ist es konserviert worden, läßt sich nicht eingliedern. Heute hätte Jimmy Dean es leichter, aber er würde vielleicht nicht so wahrhaftig wirken. Sein neues Publikum sieht ihn realistischer als die abgetakelten Superstars der Rock-Musik, die ihrerseits das Vorbild James Dean verraten haben.

Der tote James Dean der fünfziger Jahre war in seiner Kompromißlosigkeit hoffnungsvolles Symbol für ein Aufbrechen der scheinbar unabänderlichen Zustände – deshalb mußte er wie eine Erlöserfigur

Robert de Niro und Judie Foster in ‹Taxi Driver›.

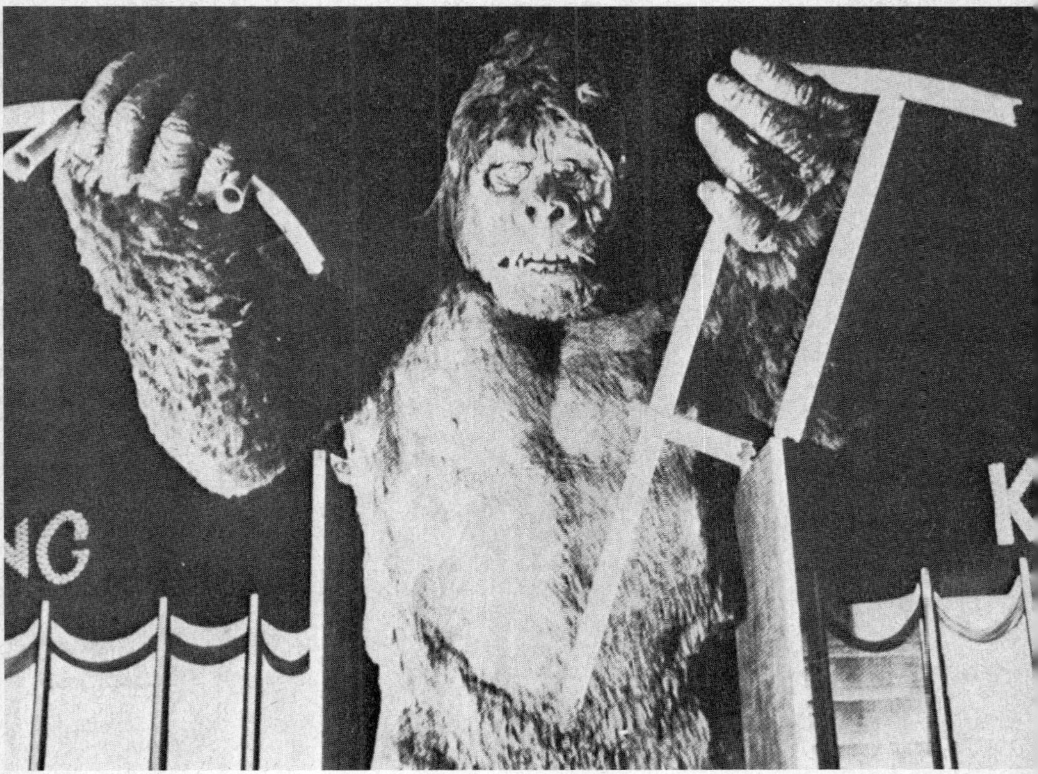

Nichts kann die Situation der heutigen Filmindustrie in Amerika besser charakterisieren als die Gegenüberstellung ‹Monster› und ‹Mensch›. ‹King Kong› ist der wiederbelebte Riesenaffe, der mit einem noch nie gekannten Millionenaufwand die Lust an den Katastrophen befriedigen soll – ein nahezu perfektes Konzept. Kino als Wegwerfware, zum einmaligen Verzehr bestimmt. Ein computergesteuertes Maschinenmonster stampft durch die letzten Hollywood-Dekorationen. Auf der anderen Seite das Kino der Wirklichkeit, in dem sich die Geschwister von James Dean behaupten – zum Beispiel Robert de Niro, der in ‹Taxi Driver› von Martin Scorsese ein sprachloses Großstadtopfer porträtiert.
Er strolcht durch New York wie einst Jimmy Dean.

May 28th, 1977 US 95c/Canada 55c 15p

Aus 35c NZ 35c SA 35c Den Kr4 75 Fin FM2 40
Fr Nf4 00 Ger Dm2 20 Malaysia $1 10 Spn 38 pts

new MUSICAL EXPRESS

WHAT'S THE FONZE DOING LOOKING LIKE THIS?

See p.11

SPECIAL GRATUITOUS

SEX PISTOLS

OVERKILL ISSUE

PAGES 1, 3, 7, 8, 12, 23, 58, 59, 60.

SO WHAT ARE THE

GRATEFUL DEAD

DOING ON PAGE 28?

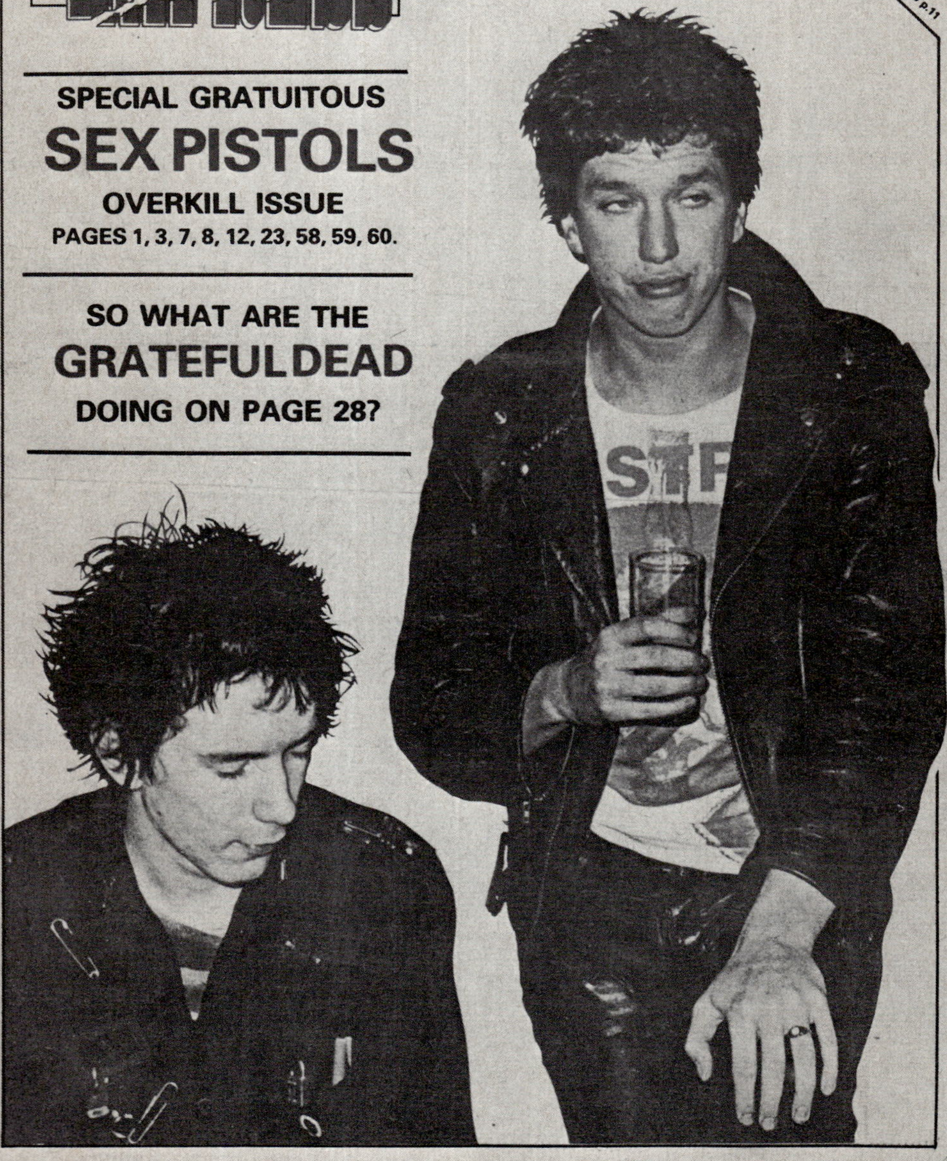

Pic: CHALKIE DAVIES

«wiederauferstehen» oder von jenseits des Grabes «sprechen». Wallfahrten zu seinem Grab in Fairmount, Fantreffen als Gottesdienste und Opfer wie jene zwei Mädchen, die mit dem Ruf «Jimmy, wir kommen!» 1959 von einem Hamburger Hochhaus in den Freitod sprangen, konnten nicht davon ablenken, daß die Jugendlichen «die Sache» selber in die Hand nehmen mußten. Die Beatles, die sich in ihrer Lederkleidung und Frisur so bewußt am Vorbild James Dean ausrichteten, haben das im Kampf um ihre Musik von 1958 bis 1961 deutlich vorexerziert.

Der James Dean der sechziger Jahre war die Entfaltung all dessen, was an Männern sensibel sein kann: das Aufbrechen der Rollenklischees, das politische Ausagieren der Rebellion gegen die Väter. Laßt uns bekämpfen, was uns bedrängt, und in die Wirklichkeit umsetzen, wie wir uns die Gesellschaft humaner vorstellen. Die Utopien schienen unermeßlich.

Der James Dean der siebziger Jahre macht wieder nur einen Teil der wirklichen Figur sichtbar: Einmal mehr ist es die Reaktion auf Hoffnungslosigkeit (Jugendarbeitslosigkeit) und die Langeweile scheinbar unabänderlicher Verhältnisse. In von der Vergnügungsindustrie bereitgestellten Kostümen werden die fünfziger Jahre nachgespielt – nur die Rocker halten an ihrer Lederkluft fest; sie wußten sowieso schon immer, wie das ist, am Arsch der Gesellschaft zu leben. Jetzt kommen die «Punks» hinzu, die Rotznasen. Sie haben sich den sprachlosen Rebellen Jimmy Dean zum Vorbild genommen, dessen Selbstmitleid und ohnmächtige Gewalttätigkeit sie imitieren und dessen Bild im Kino sie für wahrhaftiger halten als alles, was ihnen sonst heute noch angedreht wird.

Die Trennung zwischen der realen Person James Byron Dean und dem Rollenspieler Jimmy Dean ist kaum möglich. Dean hat diese Vieldeutigkeit ausgeschöpft, davon leben auch seine Filme und die Geschichten, die von ihm erzählt werden. Er ist zum Mythos geworden – von der Wirklichkeit abgetrennt, im Kino zum ewigen Leben verdammt. Seine Figur ist sowohl hoffnungsvolles Versprechen als auch aggressive Warnung. Die Zeichen dieser Jahre stehen auf Warnung. Erneut.

Der kleine Prinz?

In James Deans Lieblingsbuch ‹Der kleine Prinz› von Antoine de Saint-Exupéry gibt es eine Zeichnung. Darunter steht:
«Das ist für mich die schönste und traurigste Landschaft von der Welt. Es ist dieselbe wie auf der vorigen Seite; aber ich habe sie noch einmal gezeichnet, um sie eurem Gedächtnis einzuprägen. Hier ist der kleine Prinz auf der Erde erschienen und wieder von ihr verschwunden. Schaut sie euch aufmerksam an, so daß ihr sicher sein könnt, sie wieder zu erkennen, wenn ihr eines Tages durch die afrikanische Wüste reist. Und wenn ihr zufällig an diese Stelle kommt, dann eilt bitte nicht vorbei. Wartet eine Zeitlang, genau unter dem Stern! Wenn dann ein Kind erscheint, das lacht, goldenes Haar hat und auf Fragen nicht antwortet, dann werdet ihr wohl erraten, wer es ist. Sollte das geschehen, dann seid so gut und laßt mich nicht weiter so traurig sein: schreibt mir schnell, wenn er wieder da ist . . .»
Ich bin sicher, daß «der kleine Prinz» anders aussehen würde. Er könnte sogar wie Du aussehen. Ich hab ihn auch gesucht – ich hab ihn vor allem da zu entdecken versucht, wo er groß geworden ist. Aber in Hollywood und in Amerika sind die Sterne nicht anders als an unserem Himmel. Etwas mehr Neon vielleicht. Und wenn man genau hinsieht – bei den anderen und bei sich selbst –, entdeckt man, was an Jimmy Dean so lebendig war. Es gibt da alle Möglichkeiten.

DRESSLER menschen
ANNE FABER
LOUIS ARMSTRONG
Little Dipper, der Negerjunge aus New Orleans · Im Erziehungsheim · Storyville und Mississippi: Die Jazzlegende entsteht · „Spielt weiter, Jungs!" oder: Gangsterkrieg in Chicago · Scat, Trompete, Taschentücher: Satchmo The Great, der King Of Jazz

DRESSLER menschen
SIEGFRIED NIEDERGESÄSS
DIE BEATLES
Die «jungen Löwen mit den qualmenden Gitarren» aus Liverpool · Karrierestart mit Preludin und Pilzkopf · Fans, Freundinnen und Finanzen · All you need is love, oder: Lieder voll von Zufällen · Ein Interview mit Folgen · John, Paul, George und Ringo – Noch immer die Größten am Pophimmel
MERSEY BEAT
Beatles Top Poll!

DRESSLER menschen
JUSTIN BEECHAM
OLGA KORBUT
Das unbekannte Mädchen aus Grodno · Sport in der UdSSR · In letzter Minute eine neue Kür · Der 30-Minuten-Superstar von München · Turnen – Der Zukunftssport für Mädchen, oder: „Meine Tochter soll aber keine Leistungsturnerin werden."

DRESSLER menschen
CHRISTINE GABRIELE HOFFMANN
HEINRICH BÖLL
Ein kritischer Bürger aus Köln · Schüler unter den Nazis · Was haben Sie im Krieg getan, Herr Böll? · Anfang in Trümmern: Endlich schreiben oder Bücher mit Waschküchengeruch · Der Nobelpreis und seine Folgen · Drei Stunden bei Heinrich Böll
Heinrich Böll Gedichte

DRESSLER menschen
FREDERIK HETMANN
MARTIN LUTHER KING

DRESSLER menschen
WOLFGANG TUMLER
MARILYN MONROE
Norma Jean, ein Mädchen ohne Vater · «Blondinen bevorzugt» oder: Die Kunstfigur · Vom Pin-Up-Girl zum Superstar: Leidensstationen einer Hollywood-Karriere · Männer, Männer, Männer · Kunst & Kommerz in New York · Die tödliche Einsamkeit des Herzens
LIFE
HOLLYWOOD

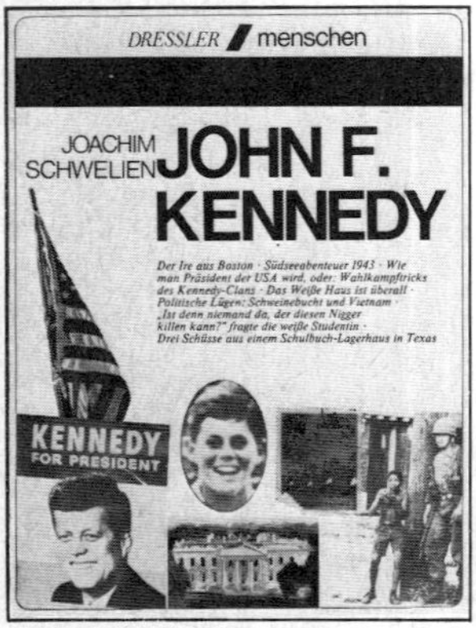
DRESSLER menschen
JOACHIM SCHWELIEN
JOHN F. KENNEDY
Der Ire aus Boston · Südseeabenteuer 1943 · Wie man Präsident der USA wird, oder: Wahlkampftricks des Kennedy-Clans · Das Weiße Haus ist überall · Politische Lügen: Schweinebucht und Vietnam · „Ist denn niemand da, der diesen Nigger killen kann?" fragte die weiße Studentin · Drei Schüsse aus einem Schulbuch-Lagerhaus in Texas
KENNEDY FOR PRESIDENT

DRESSLER menschen
PETER KUNTZE
MAO TSE-TUNG
Der dreckige kleine Bauer aus Schaoschan · Die Zöpfe sind ab oder: China den Chinesen! · Lehrer oder Revolutionär? · Der Kongreß auf der Dschunke · Das Blutbad von Schanghai · 12 500 Kilometer zu Fuß: Der Lange Marsch der Roten Armee · Das neue China oder: Wir sind der Jadekaiser

DRESSLER menschen
HERMANN VINKE
CARL VON OSSIETZKY
Mit einem Vorwort von Willy Brandt
Der Gerichtsschreiber aus Hamburg · «Die Weltbühne»: Journalismus in den «goldenen» zwanziger Jahren · Vor Gericht in der Weimarer Republik oder: «Ich – ein Landesverräter» · KZ-Häftling Nr. 562 oder Die Hölle im Moor · Der Friedensnobelpreisträger
Unsere letzte Hoffnung:
HITLER

Zum Weiterlesen

BAST, WILLIAM: James Dean – Idol einer Jugend. München 1957
DALTON, DAVID: James Dean – The Mutant King. San Francisco 1974
HOWLETT, JOHN: James Dean – A Biography. London 1975. – Deutsche Übersetzung: München: Verlag Monika Nüchtern 1977
SALGUES, YVES: James Dean ou le mal de vivre. Paris 1957

Bildnachweis

Wir danken den folgenden Filmverleihen, Bildagenturen und Verlagen für die freundliche Abdruckgenehmigung:
Aus: Anger, Kenneth: *Hollywood Babylon*, New York: Dell Publishing Co. Inc. 1975, 38/39, 40, 43, 45, 107; aus: *Brigitte*, Berlin, 110, 111; Columbia 137, 152; aus: Dalton, David: *James Dean – The Mutant King*, San Francisco: Straight Arrow Books 1974, 8, 15, 16 (alle Magnum), 21 (oben: Adeline Nall, rechts: Barbara Malarek), 28/29 (Santa Monica City College Archives), 55, 73 (beide Joseph Abeles), 81 (Rave Magazine), 83, 135 und 142 (beide Sanford Roth); aus: Howlett, John: *James Dean*, London: Plexus 1975, 7, 10, 11, 19, 23, 36, 69, 88, 101, 120, 122, 123, 132; aus: *Illustrierte Film-Bühne*, München: Verlag Monika Nüchtern 1976, 5; Keystone 13, 19, 26, 113, 114, 117, 118; Wulf D. Klemm, Hamburg, 86, 93; aus: Leixner, Otto, v.: *Unser Jahrhundert*, Stuttgart: 1883, 6; aus: Martinetti, Ronald: *The James Dean Story*, New York: Pinnacle Books 1975, 42, 49, 147; Volker Meinhard, Hamburg, 57; aus: Morella, Joe, und Epstein, Edward Z.: *Rebels*, Seaucus, N. J.: The Citadel Press 1973, 31, 32, 34, 35, 98, 124; aus: Pritchett, V. S.: *New York Perceived*, New York: Harcourt, Brace & World 1964, 58; aus: *Rolling Stone*, London, 150; aus: Saint-Exupéry, Antoine de: *Der kleine Prinz*, 157; aus: *Star-Revue*, Hamburg, 140; aus: Stryker, Roy Emerson, und Wood, Nancy: *In This Proud Land*, London: Martin Secker & Warburg Ltd. 1974, 13, 17, 25 (alle Library of Congress, Washington D. C.); Tobis 153; Warner Brothers 2/3, 25, 30, 33, 34, 35, 48, 85, 89, 92, 102/03, 125, 126, 127, 130, 137, 139, 156.

Für Volker, Heinrich, Holger, Vitus, Wolfgang, Franz-Josef